JN443139

Kleider machen Leute

고려대학교 청소년문학시리즈 009

Kleider
machen Leute

고트프리트 켈러
권영경 옮김

옷이 날개

고려대학교출판부
KOREA UNIVERSITY PRESS

차례

옷이 날개

음산한 십일월의 어느 날, 젤트빌라에서 불과 몇 시간 거리밖에 되지 않는 작고 부유한 도시 골다흐로 통하는 시골길을 가난한 재단사 한 명이 정처 없이 걸어가고 있었다. 날이 추워 손을 찔러 놓고 있는 그의 주머니 안에는 동전 한 푼 없이 골무만 하나 달랑 들어 있어, 만지작거릴 때마다 손가락이 아팠다. 젤트빌라에서 일을 하던 그는 주인이 사업에 실패해 가게를 청산하는 바람에 임금 한 푼 받지 못하고 졸지에 떠돌이 신세가 되어 버린 것이다. 아침도 먹지 못해 굶은 그의 입안으로 눈송이만 날아 들어오고 있었다. 마땅히 점심을 얻어먹을 만한 곳도 눈에 띄지 않아 막막했다. 구걸하며 다니는 것은 그에게 정말 힘든 일이었다.

아니 불가능하다는 편이 차라리 낫겠다. 단 한 벌밖에 없는 검은색 양복 위에 까만 우단으로 된 짙은 회색 망토를 걸치고 있어 그는 고상하고 낭만적으로 보이는 데다가, 단정하게 빗어 넘긴 길고 검은 머리카락과 잘 손질된 코밑의 수염은 창백하지만 균형 잡힌 얼굴을 더욱 우아하게 돋보이게 했기 때문이다.

이런 외모 때문에 남을 속이거나 나쁜 일을 할 수도 없는 노릇이니, 방해받지 않고 조용히 일을 할 때가 차라리 행복했다. 하지만 정중히 예를 갖추어 썼던 품위 있는 폴란드산 모피모자와 망토를 벗어던지느니 차라리 굶어 죽는 편이 나을 것이다.

그렇기 때문에 뛰어난 외모가 눈에 잘 띄지 않는 비교적 큰 도시에서 일을 하는 게 훨씬 마음이 편했는데, 모아 둔 돈도 없었던 그로서는 이런 떠돌이 생활이 너무 힘이 들었다. 혹 어떤 집을 찾아 들어간다 하더라도 호기심과 감탄 어린 시선으로 바라보던 사람들이 그가 구걸을 하리라고는 상상도 할 수 없는 노릇이었다. 그러니 스스로 구차한 말을 꺼낼 수도 없는 처지였고, 훌륭한 옷 덕분에 굶어 죽을 지경에 이르렀다. 외투의 순교자가 된 그의 심정은 검은 우단처럼 캄캄하고 암담했다.

힘겹게 언덕길을 오르다가, 편안해 보이는 훌륭한 마차 한 대를 만났다. 주인이 바젤에서 사들인 마차로, 마침 스위스 동부 지방의 한 고성에 사는 어느 백작의 영지로 가는 중이었다. 마차에는 짐을 싣기 위한 만반의 시설이 갖추어져 있어 비록 속은 비어 있었지만 짐을 가득 실은 것처럼 둔중해 보였다. 길이 몹시 가팔랐기 때문에 마부는 마차에서 내려 옆에서 걷다가 이윽고 언덕 위에 도착하자 다시 마부석에 올라타면서, 마차가 비었으니 타지 않겠느냐고 그에게 물었다. 때마침 비가 오기 시작했고, 지친 그의 모습에서 세상을 떠돌아다니는 불쌍한 나그네임을 한눈에 알아챘기 때문이었다.

재단사는 감사한 마음으로 정중히 그 제안을 받아들였다. 마차는 곧 달리기 시작했고 잠시 후 요란하고 당당하게 골다하의 성문을 통과했다. 마차는 '저울'이라는 이름의 성문 안 첫 번째 여인숙 앞에 멈춰 섰다. 마차가 들이닥치자 문지기 하인 녀석은 곧바로 힘차게 종을 울렸다. 어찌나 세게 잡아당기는지 거의 종 줄이 끊어질 지경이었다. 주인과 하인들이 몰려나오자 종소리가 멈추었다. 아이들과 이웃 사람들이 순식간에 몰려들어 이 화려한 마차 주변을 에워싼 채 난생 처음 보는 희한한 껍데기에서 어떤 알맹이가 튀어나올지 호기심 어린 눈으로 지켜보고 있었다. 재단사는 어리둥절해 하며 마차에서 내렸다. 망토를 걸친 채 창백하고 수려한 얼굴에 우수에 잠긴 듯 눈을 내리깔고 있는 그의 모습이 그들의 눈에는 적어도 왕자나 백작의 아들처럼 신비롭게 비쳤을 것이다. 마차와 여관 사이는 몹시 비좁은 데다가 길은 북적거리는 구경꾼들로 꽉 막혀 있었다. 재단사는 당황해서 그런지 아니면 군중들 사이를 헤쳐 나갈 용기나 나지 않았는지, 사람들에 의해 떠밀리듯 집 안으로 들어가 계단으로 올라갔다. 아늑한 식당 홀로 이끌려 가서 하인들이 훌륭한 망토를 벗겨 주자 비로소 자신의 묘한 입장을 알아차렸다.

"식사 준비를 할까요? 곧 준비해서 올리겠습니다!"

대답을 기다릴 틈도 없이 여관 주인은 부엌으로 달려가서는 소리쳤다.

"원 세상에! 소고기에 양 허벅다리밖에 없잖아! 저녁 손님용으로 준비해 둔 자고새 파스타를 나누어 내놓을 수도 없는 노릇이고. 하필 아무 것도 없어 손님을 더 이상 받을 수 없는 날에 이런 귀한 손님이 오시다니! 마차에 문장 장식이 있는 걸로 보아 영주의 마차가 분명한데 말이야! 게다가 젊은 신사께서는 워낙 점잖으신 분이라 아무 분부도 내리시지 않고!"

그러자 요리사 하녀가 침착하게 말했다.

"주인님, 무슨 걱정을 하세요? 파스타를 대접하면 되잖아요, 다 드시지 못할 거예요! 저녁 손님용으로는 접시에다 따로 담아 내놓으면 여섯 접시 정도는 충분히 만들 수 있을 거예요!"

"여섯 접시? 그 양반들이 얼마나 엄청나게 먹는지를 몰라서 그래!"

주인의 말에 요리사는 꿈쩍도 하지 않고 말을 이었다.

"그렇게 되도록 해야죠! 낯선 손님을 위해서도 어차피 필요하니 얼른 갈비나 여섯 대 갖다 주세요. 나중에 남은 것들을 작은 조각으로 잘라 파스타 밑에 섞어 놓으면 되니,

그런 뒷일은 제게 맡기시고요!"

하지만 주인은 자못 진지하게 이렇게 말했다. "이것 봐, 주방장, 내 이미 누누이 일러 왔듯이 그런 일은 이 도시에서, 적어도 우리 집에서는 통하지 않아! 지금까지 신뢰를 바탕으로 정직하게 일해 왔듯이 앞으로도 그건 변함이 없어!"

마침내 흥분한 요리사가 큰 소리로 외쳤다.

"하지만 주인님! 속수무책으로 그냥 손을 놓고 있을 순 없잖아요! 마침 사냥꾼한테서 사 놓은 도요새 두 마리가 있으니, 파스타가 떨어지면 그걸로 더 대접하면 돼요! 도요새로 만든 파스타라면 미식가들도 좋아할 거예요! 그리고 송어도 있는 걸요. 저 별난 마차가 들이닥칠 때, 이미 그 중 제일 큰 걸로 한 마리 끓는 물에 넣어 두었어요. 냄비엔 육수가 끓고 있고, 생선 한 마리와 소고기, 갈빗살에 곁들일 야채, 구운 양고기와 파스타가 준비된 셈이잖아요. 통조림과 디저트 가져오게 열쇠나 주세요! 저를 믿고 열쇠를 맡기셔야 급할 때 주인님을 찾아다니느라 허둥대지 않을 거 아니에요!"

"이것 봐, 그렇게 섭섭해 할 것 없어! 열쇠는 꼭 내가 챙

기겠노라고 죽은 마누라에게 약속을 했거든. 그래서 그런 거지, 자네를 못 믿어서 그런 게 아니야. 여기 오이와 버찌, 배, 살구 꺼내 놨어. 오래된 비스킷은 놓지 말게. 하녀를 시켜 얼른 신선한 걸로 세 접시 사 오게 하고, 금방 만든 케이크도 있으면 함께 사 오라고 해!"

"하지만 주인님! 손님 한 분에게 그렇게 많이 대접할 것까지 없잖아요!"

"상관없어, 우리의 명예가 달린 문제야! 그 일로 죽지는 않아. 우리 시를 찾아 온 신사분께, 겨울인데도 제대로 된 훌륭한 음식을 대접받았다는 말을 들을 수는 있도록 해야지! 젤트빌라의 여관 주인들처럼 맛있는 건 혼자 다 처먹고 손님에게는 뼈다귀만 대접한다는 말을 들어서는 안 되지! 모두들 정신 바짝 차리고 빨리빨리 서둘러!"

식탁에는 온통 번쩍이는 그릇들이 가득 차려지고, 모두들 분주히 준비하는 가운데 재단사의 마음은 불안하고 초조하기만 했다. 바로 얼마전까지만 해도 굶주림에 지쳐 탐욕스럽게 먹을 것을 갈구했던 처지였지만, 지금 그는 불안에 떨며 위협적으로 다가오는 식사시간을 피하고 싶을 뿐이었다. 한참을 망설이다 용기를 낸 재단사는 망토를 걸치고 모자를 쓴 다음 출구를 찾기 위해 밖으로 나갔다. 그러나 넓은 집에서 계단을 바로 찾지 못해 당황해 하는 재단사를 보고는 동분서주하던 하인 하나가 그가 편히 쉴 곳을 찾는 줄 알고 황급히 말했다.

"나리, 제가 안내해 드리겠습니다!"

하인은 긴 복도를 지나 예쁘게 칠해 놓은 문 앞까지 그를 안내해 주었다. 문에는 우아한 장식용 문구가 새겨져 있었다. 외투를 걸친 재단사는 온순한 양처럼 시키는 대로 안으로 들어가서는 문을 꼭 걸어 잠갔다. 그리고 벽에 기대어 괴로운 듯 한숨을 쉬며 다시 밖으로 나가 자유를 누릴 수 있기를 간절히 빌었다. 날씨가 좋지 않아 사람들의 눈에 띄지 않고 빠져나가기에는 지금이 절호의 기회였는데. 굳게 닫아 놓은 방 안에서 잠시 머 무는 바람에 그는 스스로 행한 첫 번째의 거짓 행동에 연루되었고, 이렇게 해서 재단사는 졸지에 잘못된 길로 빠지게 된 것이다. 한편 그가 망토를 걸치고 방으로 들어가는 모습을 본 주인은 소리쳤다. "영주님이 얼어 죽겠다! 홀의 군불을 좀더 세게 때

어라! 하녀는 도대체 어디 있어, 안네, 어디 있는 거야! 얼른 난로에 땔감 한 무더기를 집어넣고 불이 활활 붙도록 톱밥도 좀 쑤셔 넣어! 젠장, 우리 '저울' 여관의 손님들이 외투를 입고 식사를 해야겠어?"

재단사가 오래된 고성을 떠돌아다니는 조상의 망령처럼 음울한 모습으로 긴 복도를 따라 돌아 나오자, 주인은 온갖 아첨과 찬사를 아끼지 않으며 그를 마법에 걸린 식당 홀로 안내했다. 재빨리 자리를 권하고는 의자를 제자리로 밀어 넣었다. 오랜만에 맡아 보는 강한 수프 향에 그의 의지는 완전히 꺾이고 말았다. 무거운 숟가락을 황갈색 수프에 담갔다. 깊은 침묵이 흐르는 가운데 그는 활기를 되찾았으며 마음도 진정되고 평온해졌다. 접시를 다 비우며 그가 맛있게 먹는 모습을 보고 나자, 주인은 추운 날씨에 좋으니 더 드시라며 공손히 한 국자 가득 수프를 더 권했다. 이어 푸른 잎으로 장식한 송어 요리가 나왔고, 주인은 이 먹음직스러운 요리를 식탁에 올렸다. 자신의 어리석음에 불안해 하던 재단사는 감히 나이프를 쓸 용기를 내지 못하고 우물쭈물 은제 포크를 들고는 조심스레 생선 한 쪽을 쿡쿡 찔러 도려 내었다. 문틈으로 그 모습을 들여다보던 요리사는 주위에 서 있던 사람들에게 말했다.

"저 우아한 모습 좀 봐! 저 분은 좋은 생선을 제대로 드실 줄 아시네. 송아지 잡듯이 칼로 휘젓지 않고 연한 생선살을 조심스레 다루시는 걸! 장담하지만 훌륭한 가문 출신일 거야! 세련된 외모에 우수에 잠긴 저 표정! 집안에서 반대하는 가난한 여인과 사랑에 빠진 게 분명해! 그래, 신분이 높은 고귀한 분들도 슬픔은 있는 법이지!"

한편 주인은 손님이 술을 마시지 않는 것을 보고 정중하게 물었다.

"나리, 혹 이 반주용 포도주가 마음에 들지 않으신다면, 제가 자신 있게 추천할 수 있는 보르도산 포도주 한 잔 올려도 될까요?"

아니라는 대답 대신 무심결에 그러라고 대답해 버림으로써 재단사는 자연스럽게 두 번째 실수를 범한 셈이었다. 말이 떨어지기 무섭게 주인은 보르도 포도주 병을 찾으러 직접 지하 창고로 내려갔다. 자기 집에서 제대로 된 포도주를 맛보았다는 말을 듣는 것은 주인의 체면을 살리는 중요한 문제였기 때문이다. 양심에 걸린 재단사가 포도주를 겨우 한 모금 정도 입에 적시듯 하자 주인은 기뻐 어쩔 줄 몰라 하며 한걸음에 부엌으로 달려가서는, 입맛을 다시며 외쳤다.

"오, 저 분은 내 귀한 포도주를 제대로 알아주시는 거야, 마치 황금 저울에 금화를 올려놓은 듯, 한 방울 살짝 혀에 올려놓고 음미하는 것 좀 봐!"

"정말, 대단해요!"

요리사도 질세라 맞장구쳤다.

"분명 포도주 맛을 제대로 아시는 분이라고 했잖아요!"

그렇게 식사 시간은 아주 천천히 흘러가고 있었다. 가엾은 재단사가 먹고 마실 때마다 까다로운 사람처럼 지나칠 정도로 신중하게 망설인 데다가, 주인은 또 여유 있게 먹을 수 있도록 음식을 넉넉히 내놓았던 탓이다. 그럼에도 불구하고 지금까지 내온 것은 시작에 불과했다. 연이어 나오는 기막힌 요리에 두려움도 차츰 사라지며 식욕이 끌리기 시작했다. 자고새 파스타가 나올 즈음에는 그의 기분도 돌변했다.

“기왕 이렇게 된 이상 별 도리 없잖아!”

새로 따른 포도주 한 모금에 몸이 따뜻해지고 취기가 오른 그는 혼자 중얼거렸다.

“배불리 먹지도 못한 채 창피를 당하고 쫓겨난다면 바보지! 아직 시간이 있으니 신중해야 돼! 이 진수성찬이 내 마지막 음식일지도 모르잖아. 그 정도는 감수할 수 있으니, 올 테면 와라! 일단 내 몸에 들어온 이상 임금님도 도로 뺏어가지는 못하겠지!”

이런 생각이 들기 무섭게 곧장 행동에 옮겼다. 쉬지 않고 필사적으로 맛있는 파스타를 해치웠다. 그렇게 채 오 분도 되지 않아 음식의 절반이 사라졌고, 저녁 손님 문제로 사태는 매우 심각해졌다. 고기, 버섯, 경단, 바닥이나 위에 장식해 놓은 것 등 가리지 않고 닥치는 대로 먹어 치웠다. 사람들 눈치를 볼 것도 없이, 오직 불행이 일어나기 전에 보따리를 꽉 채워 둘 일에만 집중했다. 능숙한 자세로 포도주를 마신 다음 빵을 한 입 가득 물었다. 마치 소나기 쏟아지기 직전 근처 초원의 건초를 쇠스랑으로 끌어 모아 헛간으로 던져 넣듯이 순식간에 먹어 치웠다. 주인은 또다시 부엌으로 달려가 소리쳤다.

"주방장! 스테이크는 아예 건드리지도 않았고 파스타만 다 드셨어! 보르도산 포도주는 반 잔 마시고!"

"입맛에 맞으시나 보네요! 실컷 드시게 두세요, 자고새 고기 맛을 제대로 아는 분이에요! 속물 같았으면 스테이크부터 먹었을 텐데!"

요리사가 대답했다.

"내 말이 그 말이야, 옛날 내 도제 시절에 장군이나 상인들 만찬을 본 적이 있었지만 그리 우아해 보이지는 않았거든!"

그러는 동안 마부는 말에게 먹이를 주고 작은 방에서 평범한 서민들과 어울려 간단히 식사를 했다. 시간이 없었던 탓에 곧 말을 다시 마차에 연결했다. 여관 사람들은 더 이상 참지 못하고, 위에 있는 신사가 누구이며 이름은 어떻게 되는지 물어보았다. 눈치 빠른 마부는 순간 장난기가 발동했다.

"직접 말씀하시지 않던가요?"

"아니오"라고 대답하자, "내 그럴 것 같았어. 금세 여러 말을 하실 분이 아니지. 슈트라핀스키 백작이시오! 제게 마차를 몰고 먼저 가라고 하신 걸로 보아, 이곳에 며칠 더 묵으실 것 같습니다."

마부는 재단사에게 앙갚음이라도 하려는 속셈으로 이런 악의적인 농담을 했다. 자신에게 고맙다는 인사는커녕 뒤도 돌아보지 않고 집안으로 사라지고는 급기야 주인 행세까지 한 것으로 오해하고 있었던 것이다. 악의 섞인 그의 장난은 절정에 달했다. 말과 자신이 먹은 음식 값에 대해서는 묻지도 않은 채 마차에 올라타고는 채찍을 휘두르며 시내를 빠져나간 것이다. 모든 일은 제대로 착착 진행되어 계산서는 가엾은 재단사 앞으로 올려졌다. 무슨 운명의 장난인지, 슐레지엔 출신인 재단사의 실제 이름도 슈트라핀스키, 즉 벤첼 슈트라핀스키였다. 우연이거나 아니면 재단사가 깜빡 잊고 마차에 두고 내린 여행증명서를 마부가 보았을지 모른다. 그런 그렇고, 희색이 만연한 주인은 손을 비비면서 재단사 앞으로 다가와, 슈트라핀스키 백작께서 후식으로 헝가리산 포도주를 드실지 아니면 샴페인을 한 잔 드실지 물었다. 또한 방도 다 정리해 두었다는 말을 듣자 불쌍한 슈트라핀스키의 얼굴은 창백해졌고, 다시 혼란스러워진 그는 아무 대답도 하지 못했다.

"참 이상하네!"

주인은 혼자 중얼거리며 지하 창고로 서둘러 내려가, 따로 마련된 벽장에서 헝가리산 포도주에, 프란켄산 포도주 한 병과 샴페인도 한 병 팔에 끼고 나왔다. 이제 슈트라핀스키 앞에는 포도주 잔들이 가득 작은 숲을 이루었고, 그 가운데 샴페인 잔은 포플러처럼 쑥 올라와 있었다. 반짝이는 잔에서는 쨍그랑 소리며 진기한 향이 퍼져 나왔다. 더욱 신기한 것은 멋지게 차려입은 가련한 재단사가 능숙하게 포도주 잔 숲 속을 찾아들기 시작한 것이다. 주인이 샴페인 잔에 적포도주를 약간 섞는 것을 본 재단사는 자신의 잔에 헝가리산 포도주도 몇 방울 떨어트렸다. 그 사이에 시 서기와 공증인이 찾아왔다. 커피를 한 잔 하면서 여유를 즐기기 위해서였다. 또한 헤벌린 가의 큰 아들과 퓌츨리-네베르겔트 가의 작은 아들, 그리고 커다란 방직공장의 회계원인 멜허 뵈니 씨도 왔다. 그런데 이들은 자기네들끼리 어울릴 생각은 않고, 모두들 손은 뒷주머니에 넣고 눈을 반짝이면서 은밀히 미소를 지은 채 폴란드 백작 뒤에

빙 둘러 모여들었다. 훌륭한 가문 출신인 이들은 평생 고향을 벗어나 본 적은 없지만 동료나 친척들이 전국적으로 흩어져 있어 세상을 충분히 알고 있다고 자부하는 터였다.

이 사람이 폴란드 백작이라고 했나? 그들은 물론 사무실 의자에 앉아서 마차를 보았지만, 여관 주인이 접대하고 있는 백작이 누구인지는 정확히 모르고 있었다. 상당히 약은 축에 속하는 주인은 지금까지 손끝 하나 까딱하지 않고 지켜보고 있었다. 호기심 어린 신사들은 자진해서 이 낯선 손님 주변으로 점점 더 자리를 좁혀 가더니, 결국 같은 식탁에 친근하게 앉아서는 능숙한 솜씨로 슈트라핀스키를 술자리에 초대하고는 곧바로 술병을 걸고 내기를 시작했다.

아직 이른 시간이라 그렇게 많이 마시지는 않았다. 그보다는 맛이 좋은 고급 커피를 한 잔 하면서 폴라케(폴란드인)에게—자기네들끼리 재단사를 두고 은밀히 그렇게 불렀다—담배를 권하면서 사람 됨됨이를 가늠해 보는 것이 중요했다.

"백작님, 훌륭한 시가 한 대 피워 보시겠습니까? 쿠바에 있는 동생이 보내 준 것이지요!"

그들 중 한 명이 담배를 권했다.

"폴란드 신사들도 좋은 담배를 즐기죠. 이건 제 동료가 보내 준 진짜 스미르나산*입니다." 또 한 사람이 붉은 비단 주머니를 내밀며 말했다.

"이것은 다마스쿠스산인데 훨씬 더 맛이 나을 겁니다, 백작님, 그곳에 있는 지점장이 저를 위해 특별히 보내 준 것이죠!"

세 번째 신사가 말했다.

네 번째 신사는 조잡한 잎담배 주머니를 내밀면서 이렇게 외쳤다.

"좀 괜찮은 담배를 원하시면 이 버지니아산 잎담배를 한번 피워 보세요. 직접 재배해서 만든 것이라 시중에서는 구할 수 없는 귀한 거죠!"

슈트라핀스키는 씁쓰름한 미소를 지으며 아무 말도 하지 않았고, 곧 자욱한 담배 연기에 휩싸였다. 담배 연기는 때마침 구름 사이로 쏟아지는 햇살에 반사되어 아름다운

---

* 이스탄불 다음으로 큰 터키의 항구 도시 이즈미르Izmir를 그리스에서는 스미르나로 불렀다.

은빛으로 변했다. 십오 분도 되지 않아 하늘의 구름은 모두 걷히고, 맑게 갠 멋진 가을날의 오후가 되었다. 올해도 이런 화창한 날이 얼마 남지 않았으니 야외로 나가기에는 절호의 기회라며, 모두들 마차를 타고 나가 며칠 전에 포도주를 짠 시의원의 농장을 방문하기로 했다. 새로 짠 포도주와 붉은 포도주를 사려는 것이었다. 퀴츨리-니베르겔트 집 아들은 마차를 가지러 보냈고, 어느새 잿빛 말들이 '저울' 여관 앞에 대기하고 있었다. 여관 주인이 직접 말을 마차에 묶었고, 일행은 인근 지역을 구경시켜 주기 위해 백작을 정중히 초대했다.

포도주 덕분에 그의 머리는 빠르게 돌아갔다. 몰래 빠져나와 혼자 조용히 길을 떠날 수 있는 절호의 기회라는 생각이 얼른 떠올랐다. 피해에 대한 보상은 집요하게 매달린 어리석은 신사들이 직접 져야겠지. 이런 생각으로 재단사는 공손히 초대에 응했고 젊은 퀴츨리와 함께 마차에 올랐다.

그렇게 해서 그들의 평가는 계속되었다. 재단사는 젊은 시절 가끔 마을 지주를 도와 봉사했던 경험도 있고, 경기병으로 군 복무를 했던 경험이 있어 말도 잘 다룰 줄 알았다. 그래서 일행이 말을 몰 줄 아는지 정중히 물어보자 바로 고삐와 채찍을 잡고는 멋진 솜씨로 성문을 지나 신속하게 도로로 내달렸다. 그러자 신사들은 서로 마주 보며 수군거렸다.

"맞아, 정말 신사야!"

삼십 분 후 시의원의 농장으로 들어선 슈트라핀스키는 멋지게 반원을 그리며 사나운 말들을 아주 훌륭히 세웠다. 시의원이 마차에서 내린 일행을 마중 나와 집 안으로 안내했다. 식탁에는 붉은 포도주가 가득 담긴 병들이 즐비했다. 집주인이 손님인 폴란드 출신의 우아한 백작을 데리고 다니며 친절하게 집 안내를 하는 동안, 일행은 발효주를 시음해 보고 훌륭한 맛에 찬사를 보내면서 유쾌한 대화를 나누었다.

한편 사람들은 게임을 다시 시작하기 위해 두 팀으로 나뉘었다. 성격이 워낙 활달하고 쾌활해서 그런지 이 지방 남자들은 모였다 하면 게임이었다. 여러 가지 이유를 대며 거절할 수밖에 없었던 슈트라핀스키는 그냥 옆에서 구경을 하기로 했다. 카드놀이를 할 때는 신중하면서도 재치가 있어야 하므로 그들은 많은 신경을 쓰는 것 같았다. 그들은 카드놀이를 신속하고 능숙하게 즐기면서 동시에 손님과 대화를 나눌 수 있도록, 그가 두 팀 사이에 앉도록 배려해 주었다. 이렇게 해서 재단사는, 궁중의 신하들이 상연하는 즐거운 연극을 보면서 세상 돌아가는 형편을 파악하는 허약한 군주처럼 앉아 있게 되었다. 한 팀이 잠시 게임에 집중해 몰두하고 있을 때면, 상대 팀은 아주 중요한 전환점이나 기습 공격 같은 게임 규칙에 대해 친절히 설명해 주면서 좀더 적극적으로 재단사와 대화를 나누었다. 말과 사냥에 관한 것들이 그들에게 가장 좋은 화젯거리인 것 같았다. 슈트라핀스키는 이런 대화에 능숙하게 대처하는 법을 잘 알고 있었다. 예전에 유난히 그를 아끼고 좋아했던 장교와 지주들과 생활하면서 들었던 이야기를 떠올리며 대충 말을 받아 주기만 하면 되었다. 늘 우울한 미소를 지으면서 겸손하고 신중한 그의 어투는 상당히 큰 효과를 발휘했다. 두서너 명의 신사들이 일어나 한쪽으로 가더니 자기네들끼리 이렇게 말했다.

"완벽해!"

천성적으로 의심이 많은 회계원 멜허 뵈니만은 흐뭇하게 손을 비비며 혼자 중얼거렸다.

"머지않아 골다흐에 한바탕 소동이 벌어지겠군! 마지막 소란이 있은 지도 한 두어 해가 지났으니 때가 됐어! 저기 저 남자의 손가락은 이상하게 바늘 자국투성이군, 프라가*나 오스트로웽카** 출신인 것 같은데! 이제 조용히 지켜보기만 하면 되겠군!"

두 팀은 게임을 끝내고, 포도주도 실컷 마셨다. 신사들은 지금 막 갖다 놓은 시의원의 묵은 포도주를 약간 시원하게 마시고 싶었지만, 지루함을 참지 못하는 이들에게서 포도주가 시원해지는 동안 바로 도박을 하자는 제안이 나왔다. 카드를 섞고 모두들 브라반트 은화를 한 닢씩 내놓았다. 슈트라핀스키는 자신의 차례가 되었지만 차마 골무를 탁자 위에 올려놓을 수는 없었다. 그는 얼굴을 붉히면서 이렇게 말했다.

"저는 지금 그럴 돈이 없군요."

---

* 바르샤바 동쪽에 위치한 폴란드 도시.

** 폴란드 북동쪽에 위치한 도시.

이를 지켜보고 있던 멜허 뵈니가 대신 돈을 내주었지만, 아무도 관심을 갖는 사람이 없었다. 세상에 어떤 자가 돈도 없을까 의심을 품기에는 모두들 너무 화기애애한 분위기였다. 그런데 그 판을 재단사가 이기는 바람에 그에게 판돈이 모두 넘어갔다. 당황한 그는 돈을 그대로 두었다. 뵈니가 두 번째 게임을 준비했다. 이번에는 다른 사람이 땄고, 세 번째 게임도 마찬가지였다. 그러나 네 번째와 다섯 번째 게임에 들어서는 점점 정신이 맑아지고 게임 규칙을 제대로 파악한 폴란드인이 다시 따게 되었다. 조용히 침착한 태도로 도박을 하는 동안 연거푸 행운이 돌아왔다. 한 번은 판돈이 일 탈러까지 바닥이 났다가 다시 회복해 나갔다. 게임을 실컷 즐긴 다음 마지막에는 그가 평생 가져보지 못했던 많은 돈을 땄다. 각자 자신의 돈을 집어넣는 것을 보고 나서야 재단사도 딴 돈을 챙겼다. 꿈이 아닌가 하는 두려움도 없지 않았다. 그를 예리하게 주시하고 있던 뵈니는 속으로 생각했다. 사륜마차를 타고 온 도깨비 같은 자로군!

의문의 이방인이 돈에는 욕심이 없이 겸손하고 침착하

게 행동하는 것을 보았기 때문에 그는 재단사를 나쁘게 보지 않고 좀더 지켜보기로 했다. 저녁 식사 전에 밖에서 산책할 기회가 생긴 슈트라핀스키 백작은 머리를 짜내어 눈에 띄지 않고 빠져나갈 기회를 엿보고 있었다. 여행 비용도 제법 충분하니 다음 도시로 나가, 본의 아니게 얻어먹은 점심식사 비용도 '저울' 여관으로 보내 줄 계획이었다. 망토를 멋지게 걸치고 모피 모자를 눈 아래로 깊숙이 눌러 쓰고는 키 큰 아카시아 나무가 죽 늘어서 있는 가로수 길을 따라 저녁 햇살을 받으며 천천히 오르내리고 있었다. 아름다운 대지를 감상하면서 어떻게든 이곳을 빠져나갈 궁리를 하고 있었던 것이다. 찌푸린 이마, 온화하지만 우울해 보이는 수염, 윤기 흐르는 검은 곱슬머리와 검은 눈은 바람에 나부끼는 주름진 망토와 근사하게 어울렸다. 저녁 노을과 졸졸 흐르는 시냇물 소리에 묻혀 그의 모습은 한결 돋보였고, 신사들은 그 모습을 멀리서 관심을 가지고 친근하게 지켜보고 있었다. 그는 점차 집에서 멀어지면서 덤불을 지나 그 너머로 들길이 이어지는 곳으로 나아가고 있었다. 사람들의 시선으로부터 벗어나자 들판으로 들어서기 위해 힘찬 걸음으로 모퉁이를 막 돌아서려는 순간, 딸 네트헨과 함께 마주 오고 있던 시의원과 맞닥뜨리게 되었다. 아름다운 네트헨은 화려한 드레스에 호화로운 장식으로 멋진 차림이었다.

"찾고 있었습니다, 백작님. 우선 제 아이를 소개시켜 드리고, 저희와 함께 저녁식사를 할 수 있으신지 여쭤 보려고요. 다른 신사분들은 다들 와 계십니다."

나그네는 얼른 모자를 벗고 지나치다 싶을 정도로 정중하게 허리를 굽혔다. 새로운 전환점, 즉 아름다운 여인이 사건의 무대로 들어섰기 때문에 그의 얼굴은 한껏 상기되었다. 수줍음과 지나친 공손함은 그녀에게 전혀 문제가 되지 않았다. 오히려 그렇게 고상하고 멋진 젊은 귀족의 겸허하고 정중한 태도에 여인은 진심으로 감동한 듯 보였다. 완전히 매료된 것이다. 어쩜 저렇게 고상한 분이 겸손하고 단정하기까지 할까 하는 그녀의 속내를 한눈에 읽을 수 있었다. 젊은 아가씨 앞에서 모자를 건드리기조차도 않는 골다흐의 야만스러운 남자들을 상상해 보시라!

귀여운 모습에 얼굴을 붉히며 기사에게 한껏 우아하게

인사를 하고는, 바로 낯선 이방인에게 잘 보이려는 한적한 작은 마을의 여인들처럼 성급하고 재빠르게 말문을 열며 그와 많은 이야기를 나누었다. 슈트라핀스키는 잠시 만에 돌변해 있었다. 지금까지는 주어진 역할에 개입하지 않으려고 아무런 행동도 취하지 않았지만, 이제 자신도 모르게 적극적으로 말을 하고 은연중에 여러 가지 짧은 폴란드어 단어를 뒤섞어 쓰기까지 했다. 아름다운 여인을 곁에 둔 재단사의 피는 기사를 태우고 달아나는 말처럼 마구 끓어오르기 시작했다.

안주인이 없었기 때문에 식탁에서 그는 주인의 딸 옆에 앉는 영광을 차지했다. 그렇지만 재단사는 곧 우울해졌다. 다른 방법을 이용해 시내로 돌아가거나 무리해서라도 밤에 도망가야 한다는 생각이 뇌리를 스쳤기 때문이다. 더욱이 지금 누리는 이 행운이 얼마나 허무한가 하는 고민에 빠졌던 것이다. 그러면서도 다른 한편으로는 이런 행운을 즐기며 혼자 되뇌고 있었다. 아, 감히 이런 귀한 아가씨 옆에 앉을 줄 평생 상상이나 할 수 있을까.

서너 개의 팔찌가 흔들거리며 반짝이는 손을 바로 옆에

서 지켜보는 것은 사실 결코 쉬운 일이 아니었다. 매력적으로 아슬아슬하게 틀어 올린 머리, 붉게 물든 사랑스러운 뺨, 요염하게 치켜뜬 눈을 매번 곁눈으로 살짝 훔쳐보는 것은 정말 힘들었다. 그에게는 평소 같으면 마을에서 떠도는 소문에 대해 몇 시간이고 수다를 떨고 있을 이 젊은 여인의 눈에 띄게 솔직한 어설픈 면도 사랑스러웠으며, 이 모든 것이 정녕 꿈만 같았다. 분위기가 고조되면서 몇몇 손님은 삼십 년대에 유행했던 노래를 부르기 시작했고, 백작은 폴란드 노래를 불러달라는 요청을 받았다. 근심에 잠겨 있긴 했지만 포도주로 거나하게 취기가 돌면서 그는 마침내 활기를 띠었다. 예전에 몇 주간 폴란드 사람 집에서 일한 경험이 있어 폴란드 말도 좀 할 줄 알았으며, 뜻은 몰라도 민요도 한 곡 정도는 외우고 있어 앵무새처럼 노래를 흉내 내어 부를 수는 있었다. 우아한 모습으로 마치 남모르는 고민이라도 있는 것처럼 그는 수줍은 듯 떨리는 목소리로 조용히 폴란드 민요를 불렀다.

수많은 돼지들을 우리로 몰아라!

데스나에서 비스와*까지,
이 암퇘지 같은, 카틴카
뼛속까지 더러워졌네!

수많은 수소들이 울부짖네.
볼히니아**의 푸른 초원에서.
카팅카, 카팅카
그녀와 사랑에 빠졌다네!

"브라보! 브라보!"

모든 신사들이 손뼉을 치며 환호성을 질렀고, 감동한 네트헨은 이렇게 말했다.

"민요는 언제 들어도 아름다워요!"

다행히 이 노래의 가사를 번역해 달라는 사람은 없었다. 대화의 분위기가 무르익어 절정의 시간을 어느 정도 넘기고, 일행은 모두 자리에서 일어났다. 이렇게 재단사는 다

---

* 데스나, 러시아 연방과 우크라이나에 걸쳐 있는 강. 비스와, 폴란드 남북을 흐르는 폴란드 최대의 강.

** 우크라이나 북서부 지역으로 폴란드 접경 지역.

시 일행에 휩쓸려 잘 포장된 소포 꾸러미처럼 골다흐로 소중히 되돌아오게 되었고, 이제는 작별 인사도 없이 떠나는 일은 없을 것이라는 약속까지 해 둔 처지가 되어 버렸다. 여관 '저울'로 돌아와 펀치를 또 한잔 걸쳤다. 완전히 녹초가 된 슈트라핀스키가 피곤해서 쉬겠다고 하자 여관 주인은 손수 그를 방으로 안내했다. 값싼 여인숙의 초라한 방에서 자는 데 익숙한 그였지만, 이제 이런 훌륭한 침실에도 전혀 개의치 않을 수 있게 되었다. 소지품 하나 없이 멋진 양탄자 한가운데 덩그러니 서 있는 재단사를 보고서야 여관 주인은 문득 그의 짐이 없다는 사실을 발견하고는 이마를 치면서 얼른 밖으로 나가 벨을 울리고 급사와 하인을 불러 모았다. 그들과 한참 실랑이를 하고 나서 되돌아왔다.

"백작님, 하인들이 짐 내리는 것을 깜빡한 게 분명합니다! 가장 중요한 것을 빠트리다니!"

"마차에 있던 작은 꾸러미 말입니까?"

슈트라핀스키는 마차에 두고 내린 손바닥만 한 작은 보따리를 떠올리고 걱정스러운 듯 되물었다. 그 보따리 안에는 손수건, 솔, 빗, 포마드 통, 그리고 수염에 바르는 포마드 통이 하나 들어 있었다.

"이런, 짐이 없어지다니, 어째 이런 일이."

그 안에 뭔가 매우 중요한 물건이 들었을 것으로 짐작했기 때문에 선량한 주인은 놀라 이렇게 말했다.

"당장 시동을 시켜 마차를 보내 책임지고 찾아오도록 하겠습니다!"

백작도 놀라 그의 팔을 잡고 만류했다.

"그럴 필요 없습니다. 그냥 놔두세요! 당분간 방해받지 않고 조용히 있어야 하니."

그러면서 자기도 이런 일이 생긴 게 다소 당황스럽긴 하다고 덧붙였다. 놀란 주인은 펀치를 마시고 있던 손님들에게 가서 이런 사정 이야기를 했다. 그리고 백작은 분명히 정치적인 희생양으로 망명하고 있거나, 아니면 가족과 함께 추방된 것이 틀림없다고 덧붙였다. 바로 이 무렵 수많은 폴란드인들과 다른 난민들이 정부의 억압에 의해 강제로 추방되었으며, 남아 있는 사람들도 정부 요원들의 감시로 꼼짝도 못 하고 있었던 것이다.

슈트라핀스키는 푹 잠이 들었다. 늦잠을 자고 일어난 그의 눈에 제일 먼저 들어온 것은 의자 위에 걸려 있는 주인의 화려한 나이트가운이었다. 그 밖에 온갖 화장용품이 놓여 있는 작은 탁자도 눈에 띄었다. 다음은 바구니와 가방 주변에서 대기하고 있는 수많은 하인들이었다. 깨끗한 속옷가지들, 옷, 담배, 책, 장화, 신, 박차, 마차용 채찍, 모피모자, 차양 달린 모자, 양말, 긴 양말, 파이프가 가득 담긴 바구니와 가방들이었다. 피리와 바이올린도 있었다. 어제 사귄 친구들의 배려로 짐을 찾을 때까지 당분간 편히 사용하라고 가져온 것들이었다. 오전 시간은 모두들 일을 해야 하므로 점심 식사 후에 방문하겠다는 말도 함께 전해 왔다.

이들은 절대 어리석거나 단순한 사람들이 아니었다. 신중하며, 우둔하다기보다는 영리한 상인들이었다. 하지만 완벽하게 잘 갖추어진 편안한 도시생활이 지루하게 느껴졌던 그들은 정신없이 몰두할 수 있는 변화무쌍함이나 사건, 문제 같은 것들에 늘 굶주려 있었다. 화려한 마차, 나그네의 하차, 점심 식사, 마부의 증언들은 너무 명백하고 자연스러운 것들이어서, 쓸데없는 의구심에 빠질 것도 없이 골다흐 사람들은 이런 흥미로운 사건을 반석 위에 완벽하게 올려놓은 화젯거리로 만들어 갔던 것이다.

눈앞에 펼쳐져 있는 물건들을 보고 슈트라핀스키는 불현듯 바지 주머니에 손부터 집어넣어 보았다. 꿈인지 생시인지 알아보려는 것이었다. 골무가 홀로 외로이 주머니에 남아 있다면 그는 꿈을 꾸고 있는 것이다. 하지만 꿈은 아니었다. 골무는 도박에서 딴 돈 사이에 기분 좋게 앉아 다정하게 몸을 비비고 있었다. 이제 골무 주인은 모든 걸 다시 단념하고, 쾌적한 도시를 구경하기 위해 방에서 나와 거리로 나갔다. 부엌문 앞에는 무릎을 깊숙이 굽혀 예를 갖추며 친근한 표정을 짓는 요리사가 서 있었다. 복도와 현관에는 또 다른 하녀들이 모두들 손에 모자를 벗어 들고 있었다. 외투를 점잖게 들고 있던 슈트라핀스키는 예를 갖추며 겸손하게 걸어 나갔다. 운명은 매순간 그를 더욱더 위대하게 만들고 있었다.

마치 일자리를 구하러 나간 사람처럼 재단사는 완전히 다른 표정으로 시내를 유심히 관찰해 나갔다. 도시는 대부분 튼튼하게 지은 아름다운 건물들로 이루어져 있었다. 건물마다 모두 돌이나 그림으로 장식되어 있었고 집집마다 제각각 이름이 붙어 있어, 이런 것들을 통해 지난 시대의 옛 관습들을 분명히 읽을 수 있었다. 검, 철모, 갑옷, 푸른 방패, 스위스 용병들이 사용했던 검, 기사, 대포알, 터키 사람들, 바다괴물, 황금 용, 보리수, 순례자 지팡이, 인어, 극락조, 석류나무, 낙타, 유니콘 등, 오래된 건물이나 원래의 자리에 새로 들어선 신식 건물에는 거의 일상처럼 전쟁을 치러 왔던 중세 촌장이나 동화의 시대에 사용되었던 옛 이름이 그대로 간직되어 있어 중세의 문화가 상징적으로 반영되어 있었다. 현관문 위에 황금색 문자로 새겨진 아름답게 반짝이는 도덕적인 문구에서는 계몽주의와 박애주의 시대의 이상을 분명히 읽을 수 있었다. 예를 들면 단결, 성실, 옛 독립, 구독립, 시민도덕 a, 시민도덕 b, 신뢰, 사랑, 희망, 재회 1과 2, 즐거움, 내적 합법, 외적 합법, 국가적 안보(물고기 문양을 매달아 놓은 카나리아 새장같이 작고 아담한 집에는, 다정한 노파 한 명이 하얀 두건을 쓰고 앉아 물레로 실을 잣고 있었다) 같은 문구들이다. '헌법'(이 건물 아래층에는 물통을 만드는 사람이 살았는데, 그는 부지런히 요란한 소리를 내며 작은 물통에 테를 끼우고 끊임없이 두드리고 있었다)이란 이름도 있었고, 어떤 집은 무시무시하게도 '죽음'이라는 명칭으로 불리고 있었다. 말라비틀어진 해골이 창문 사이로 아래에서 위까지 죽 뻗어 있는 이 집에는 치안판사가 살고 있었다. 한편 '인내'의 집에는 채무 서기가 굶주려 비참할 정도로 깡마른 채 살고 있었는데, 말하자면 이 도시에는 다른 사람에게 빚을 진 사람이 한 명도 없기 때문일 것이다.

이윽고 로젠탈, 모르겐탈, 조넨베르크, 파일헨부르크, 유겐트가르텐, 프로이덴베르크, 헨리에텐탈, 추어 카멜리아, 빌헬미넨부르크 등 제조업자, 은행가, 운송업자들을 나타내는 듯한 이름들이 새겨진 최신 건물들의 거리에 이르렀다. 이처럼 탈*이나 부르크**에 붙여진 여성 명칭들은 전문가들의 안목으로 보면 늘 훌륭한 신부 지참금을 의미하곤 한다.

어느 거리나 길모퉁이에는 화려한 지붕에 황금색으로 칠해진 풍향계가 장식되어 있는 오래된 시계탑이 있었는데, 과거와 현재의 유산을 소중히 여기고 그 가치를 제대

* 독일어로 계곡을 의미.

** 독일어로 성을 의미.

로 인식하고 있는 골다흐 사람들이므로 이런 탑들을 소중히 보존하고 있었다. 이런 훌륭한 유산들은 오래된 성벽에 둘러싸여 있었고, 이제는 쓸모도 없는 도시를 둘러싼 성벽이지만 여전히 잘 보존되어 있었다. 오래된 덩굴로 무성하게 덮인 성벽으로 인해 이 작은 도시는 늘 푸른 화환에 둘러싸인 것처럼 아름다워 보였다.

이런 모든 정경들이 슈트라핀스키에게 강한 인상으로 남아, 전혀 다른 세상에 와 있는 느낌이었다. 이 문구들을 읽으면서, 건물마다 제각기 특별한 의미를 지니고 있으며 그들의 생활방식과 연관되어 있음을 생전 처음으로 깨닫게 되었다. 각 문 안으로 들어가면, 실제로 각 집집마다 그들의 문구처럼 도덕적인 유토피아의 세계에 들어선 기분이 들 것만 같았다. 그는 자신이 발견한 것에 이런 놀라운 상상력을 부여해 보며 신기한 생각에 젖어 들었다. 예를 들어 그가 묵고 있는 여인숙 '저울'은 그곳을 거쳐 가는 모든 불평등한 운명들이 평등하게 조정되어 때로는 떠돌이 재단사가 백작으로 신분 상승이 되는 것일지도 모른다는 상상이었다.

그는 성문 쪽으로 발걸음을 옮겼다. 넓은 들판을 내려다보면서 더 이상 망설이지 말고 여행을 계속해야겠다는 생각을 마지막으로 떠올렸다. 햇살은 화창했고 거리는 아름다웠으며, 길도 적당히 말라 여행을 하기에는 안성맞춤이었다. 이제 벌어 놓은 노잣돈도 충분하니 아무 거리낌 없이 기분 나는 대로 어디든 편안히 갈 수 있었다.

인생의 기로엔 선 젊은이처럼 그는 지금 실제로 십자로 위에 서 있었다. 시내를 화환처럼 둥글게 감싸고 있는 보리수나무에서는 손님을 환대하듯 은은한 연기가 올라왔으며, 나뭇가지 사이로 보이는 황금빛 탑머리는 유혹하듯이 반짝거렸다. 그곳에서 행복과 향락, 죄와 비밀이 가득한 운명이 손짓하며 부르는 것 같았다. 멀리 탁 트인 들판으로 보이는 넓은 풍경에서는 노동과 궁핍한 생활, 가난과 어둠이 기다리고 있었다. 하지만 그곳에는 선량한 양심과 고요한 변화가 있었다. 이런 기분을 만끽하며 그는 과감하게 들판 쪽으로 방향을 돌렸다. 바로 그 순간 급히 마차가 다가왔다. 어제 만난 그 여인이 푸른 베일을 나부끼며 달려오고 있었다. 장식이 달린 화려한 마차에 혼자 앉아 시내로 말을 몰아가고 있었다. 놀란 슈트라핀스키가 모자를 벗어 정중히 가슴에 대자 그 여인도 얼굴이 발개지면서 아주 다정하게 허리를 굽혔다. 그리고 말을 재촉하며 힘차게 달렸다.

슈트라핀스키는 자신도 모르게 완전히 방향을 돌려 활기차게 시내로 돌아갔다. 바로 그날, 슈트라핀스키는 시내에서 가장 훌륭한 말을 타고 승마 클럽 선두에 서서 푸른 성벽 주변을 에워싸고 있는 가로수 길을 달리고 있었다. 황금비처럼 떨어지는 보리수 낙엽들이 반짝이는 그의 머리 주변을 맴돌고 있었다.

이제 그의 내면에서부터 왕성한 힘이 솟아났다. 찬란한 햇빛 아래 화려하게 보이는 무지개처럼 매일같이 새롭게 변해 갔다. 물방울 속의 무지갯빛처럼 그의 내면에 잠재되어 있던 것들이 힘을 발휘하며 다른 사람들은 몇 년이 걸려도 못 할 것을 그는 시시각각 배워 나갔다. 손님에게 친절히 대하는 이들의 관습을 유념하면서 낯선 방식들을 새로이 익혀 갔다. 특히 미풍양속을 통해 연상되거나 발생되는 모습에 각별히 관심을 기울였다. 새로움을 추구하는 사람들과 즐겁게 담소하기 위해 자신의 개성에 맞게 계속 발전시켜 나갔다. 이런 노력은 특히 교훈적인 자극을 갈망하는 여성들을 찬미하는 데 고무적인 역할을 했다. 이렇게 해서 그는 빠르게 멋진 소설의 주인공이 되어 갔다. 소설 속에서 그는 도시 사람들과 함께 즐겁게 일을 해 나갔지만, 그의 신분은 여전히 비밀이었다.

그런 가운데에도 예전의 암울한 시절에는 전혀 없었던 일이지만, 슈트라핀스키는 밤잠을 설치는 날들이 많아졌으며, 가난한 재단사 신분이 발각될지 모른다는 두려움과 수치심으로 괴로워하는 날도 그만큼 늘어 갔다. 양심의 가책 때문에 잠을 이루지 못한다 하더라도 이를 막을 도리는 없는 것이다. 옷을 고를 때처럼 직업적인 필요성으로 생긴 그의 세심하고 남달리 예민한 감성이 그를 이런 갈등으로 몰아넣었고 지금 그 때문에 두려움에 떨고 있었다. 한편 그의 양심은, 좋은 기회를 틈타 이곳을 떠날 구실을 찾은 다음, 복권 같은 것을 사서 돈을 벌어 아주 먼 곳으로 가서 친절한 골다흐 주민들이 베푼 것을 모두 갚겠다고 끊임없이 다짐하며 계획을 세우곤 했다. 복권 추첨이나 복권방이 있는 도시란 도시는 모두 알아봤고, 제비뽑기와 같은 다소 소극적인 투자 방법도 알아보았다. 이때에 우편물처럼 서신 왕래에 필요한 중요한 문제들은 따로 기록해 두었다.

실제로 돈을 좀 번 적도 몇 번 있었는데 그때마다 바로 재투자해 새 복권을 샀다. 어느 날 자칭 은행가라고 하는 낯선 복권판매인으로부터 신세를 갚을 수 있을 만큼 상당한 금액의 복권을 구입했을 때였다. 이미 그는 당연해 보이는 자신의 행운에 대해 더 이상 놀라지 않았지만, 마음은 가벼웠다. 특히 푸짐한 음식으로 신세를 진 선량한 여관 주인을 생각하면 기분이 좋았다. 하지만 간단히 돈을 풀어서 빚을 갚고 떠나는 것보다는, 짧은 사업 여행을 핑계로 어느 대도시로 가서는, 피치 못할 사정으로 돌아갈 수 없게 되었노라고 통보하는 것으로 계획을 세워 두었다. 자신의 의무를 다해 좋은 추억을 남기고, 재단사라는 직업을 다시 시작해 좀더 신중하고 행복한 마음으로 일에 몰두하거나 아니면 고상한 사람들의 인생 항로를 엿보고 싶었기 때문이다. 물론 재단사로 골다흐에 머물면서 보잘것없지만 작은 벌이를 하는 것도 최선의 방법이 되겠지만, 여기서는 백작으로 살 수밖에 없는 운명이었다.

아름다운 네트헨을 만날 때마다 느끼는 그의 특별한 감정과 호감으로 인해 무성한 소문이 나돌았으며, 심지어 네트헨을 백작부인이라 부르는 사람도 있었다. 그렇지만 어떻게 그런 여인과의 사랑을 지속할 수 있겠는가? 더 이상 어떻게 억지로 상승시켜 놓은 자신의 운명을 감당할 것이며, 그런 뻔뻔스러운 거짓말의 죗값이며 그 수치심을 감당할 수 있을까?

재단사는 자칭 은행가인 복권 판매인을 통하여 복권을 어음으로 바꾸었으며 그것을 어느 골다흐 상점에서 현금으로 환전해 두었다. 이런 과정에서 그는 인맥을 위한 유리한 정보, 즉 신용을 토대로 하는 착실한 사업가들은 복권 거래를 전혀 하지 않는다는 사실을 알게 되었다. 바로 그날 슈트라핀스키는 훌륭한 무도회에 초대받아 갔다. 단순하게 검은색 옷을 입고, 인사를 건네는 사람들에게 곧 여행을 떠나야 할 것 같다고 알렸다.

그 소식은 삽시간에 무도회에 모인 사람들에게 퍼져 나갔다. 슈트라핀스키가 찾고 있던 네트헨은 놀란 나머지 그의 시선을 피하는 것 같았으며, 곧 얼굴이 붉으락푸르락해지며 어쩔 줄 몰라 했다. 여러 젊은 신사들과 몇 차례 춤을 추고는 정신없이 주저앉아서 가쁘게 숨을 몰아쉬었다. 드디어 다가온 폴란드 친구의 신청에는 얼굴을 쳐다보지도 않고 간단히 고개를 숙여 거절했다.

평소와 달리 그는 흥분되고 불안한 모습으로 밖으로 나갔다. 멋진 외투에 머리카락은 바람에 흩날렸다. 그렇게 그는 정원 산책길을 마냥 배회하고 있었다. 자신이 이곳을 쉬 벗어나지 못하고 있는 것은 분명 네트헨 때문인지도 모른다는 생각이 들었다. 다시금 그녀에게 다가가려는 막연한 희망으로 자신도 모르게 생기가 돌았지만, 결국 어떤 절망감으로 해서 돌파구를 찾지 못하는 처지가 되어 버리는 것이었다.

가볍지만 다소 불안하게 움직이는 급한 발걸음 소리가 들렸다. 네트헨이 그가 있는 곳을 지나갔다. 누구를 부르는 소리로 미루어 보아 마차를 찾는 것 같았다. 그러나 마차는 건물 반대편에 서 있었고 이쪽에는 겨울 양배추와 월동 준비를 해 둔 장미들만 올망졸망 단꿈을 꾸고 있을 뿐이었다. 두근거리는 마음으로 되돌아 온 그는 앞을 막고 서서 애원하듯 두 손을 그녀에게 내밀었다. 네트헨은 주저 없이 그의 목에 매달려 애처롭게 울기 시작했다. 그녀의 붉은 뺨에 그의 향기로운 검은 머리카락이 흘러내렸고, 마치 독수리 날개처럼 검은 외투는 가냘프고 당당한 여인의 하얀 드레스를 휘감았다. 한 폭의 아름다운 그림 같은 정경이었다. 슈트라핀스키는 이런 모험에서 이성을 잃었고, 어리석은 사람들에게 종종 찾아오는 행운을 얻었다. 네트헨은 그날 밤 집으로 돌아가는 길에, 백작이 아닌 그 누구와도 결혼하지 않겠다고 아버지에게 고백했다. 다음 날 아침 일찍 슈트라핀스키는 평소처럼 친절하고 신중하면서도 우울한 모습으로, 청혼을 하기 위해 그녀의 집을 방문했다. 그녀의 아버지는 이렇게 말했다.

"그렇다면 이 어리석은 딸애의 운명과 소원이 이루어진 셈이군요! 학교에 다니던 어린 시절부터 이 아이는 이탈리아 사람이나 폴란드 사람, 아니면 위대한 피아니스트나 아름다운 곱슬머리를 가진 도적단 두목하고만 결혼하겠다고 계속 고집을 부린 데다 지금 마을 젊은이들의 청혼을 모두 거절해, 우리는 곤란한 입장에 처해 있었소! 최근에도 수완 좋고 유능한 젊은이 멜허 뵈니를 돌려보낼 수밖에 없었소. 붉은 구레나룻 수염에다 은제 상자에서 담배를 꺼내 물고 코로 내뿜는다고 네트헨은 그를 끔찍이 싫어했죠! 먼 곳에서 폴란드 백작이 오셨으니 얼마나 다행인지 모르겠군요! 이 애를 데리고 가십시오, 백작. 폴란드가 너무 춥고 힘들다고 불평하면 돌려보내십시오! 철부지가 백작부인이 된다는 것을 알면 죽은 제 어미도 좋아할 겁니다!"

며칠 내에 급하게 약혼식을 올려야 하는 관계로 온 마을이 술렁거렸다. 결혼 문제로 사위의 사업과 여행 계획에 차질이 있어서는 안 된다는 것이 시의원의 생각이었으며, 그런 이유로 약혼식을 빨리 진행할 수밖에 없었다.

슈트라핀스키는 자신이 가지고 있는 재산의 절반을 약혼식에 줄 신부의 선물을 사는 데 사용했고, 나머지 절반은 신부를 위한 파티 비용으로 썼다. 마침 사육제 기간이기도 했고, 하늘은 맑고 찬란한 늦겨울 날씨였다. 이런 경우는 극히 드문데, 도로는 썰매를 타기에 좋은 멋진 길로 변해 있었다. 슈트라핀스키는 축제에 잘 어울리는 훌륭한 음식점에서 썰매대회와 무도회를 열기로 했다. 정확히 골다호와 젤트빌라 시의 중간 지점이 되는 곳으로 두 시간 정도 거리의 전망 좋은 높은 언덕에 자리하고 있었다.

사업 준비 관계로 인근의 젤트빌라에 출타 중이던 멜허뵈니 씨는 축제가 열리기 바로 며칠 전에 고급 여송연을 피워 물고는 썰매를 타고 날아오듯 나타났다. 같은 날 젤트빌라 시민들은 골다흐 시민들처럼 축제가 열리는 곳까지 썰매 대회를 개최하기로 약속했는데, 가장을 하거나 가면을 쓰기로 되어 있었다.

정오가 되자 방울 소리와 호각 소리가 요란한 가운데 채찍 소리와 함께 골다흐의 썰매 행렬이 등장했다. 행렬은 고색창연한 건물의 상징적 표상들이 놀라 내려다보고 있는 시내를 통과해 성문을 향해 달리고 있었다. 첫 번째 썰매에는 슈트라핀스키가 신부와 함께 앉아 있었다. 그는 레이스로 가장자리를 장식하고 묵직한 모피로 안을 댄 폴란드식 녹색 우단 프록코트 차림이었다. 네트헨은 하얀 털옷에 감싸여 있었으며, 푸른 베일로 가려 신선한 바람과 눈에 반사되는 강한 빛에서 얼굴을 보호했다. 시의원은 갑작

스런 업무 관계로 함께 가지 못했지만, 말과 썰매를 내주었다. 썰매 앞에는 황금 칠이 된 여인상이 장식되어 있었다. 시의원의 관사 명칭이 '행운의 여신'인 것으로 보아 행운의 여신을 상징하는 듯하다. 그 뒤를 이어 열대여섯 대 정도가 남녀 짝을 지은 일행을 태우고 따르고 있었다. 모두들 화려하게 차려입고 행복해 보였지만, 신랑 신부보다 더 매력적이고 아름다운 한 쌍은 없었다. 썰매는 바다를 항해하는 선단처럼 저마다 앞머리에 각 가문의 상징인 깃발 장식을 달고 있어, 사람들은 이렇게 외쳤다.

"저기 '용맹'이 온다!" "'재능'은 정말 멋진데!" "'개혁'은 새로 칠을 한 것 같은데!" "'청빈'은 금칠을 새로 했네!" "와, '야코프 분수'와 '베테스다 연못'이다!"

행렬 맨 끝에 오는 말 한 필이 끄는 간소한 썰매 '베테스다 연못'에는 멜허 뵈니가 만족스러운 듯 조용히 말을 몰고 있었다. 그는 장식으로 베테스다 연못*에서 삼십 년 동

* 이곳에서 천사가 나타나 물결이 일 때 제일 먼저 목욕을 하면 병이 낫는다는 신비한 연못으로, 어떤 사람은 매번 늦어 38년을 기다렸다는 이야기가 전해 온다.

안 구원을 빌었던 작은 유대인 초상화를 자신의 썰매 앞에 붙여 놓았다. 그렇게 햇빛을 받으며 달려가던 무리 앞에 높은 언덕이 희미하게 모습을 드러냈고 무리는 목적지에 다가가고 있었다. 그와 동시에 언덕 너머 맞은편에서 유쾌한 음악 소리가 울려 퍼졌다.

희뿌옇게 운무에 싸인 숲에서 형형색색의 요란한 모습들이 나타나서는 화려한 썰매 행렬로 이어졌다. 하얀 들판길을 따라 푸른 하늘을 향해 높이 날아오르듯 능선으로 미끄러져 나아가는 모습은 장관이었다. 대부분 농부들의 짐썰매처럼 보이는 것을 둘씩 한데 묶어 쇼윈도처럼 만든 독특한 모양을 하고 있었다. 제일 선두에는 행운의 여신 포투나를 상징하는 거대한 상이 우뚝 솟아 있어, 대기를 뚫고 날아갈 듯한 모습이었다. 거대한 밀짚 인형에 번쩍거리는 황금색 금박을 가득 붙인 가제로 만든 옷을 입혀, 옷자락이 공중에서 펄럭거렸다. 두 번째 썰매에는 크기가 비슷한 큰 산양 형상이 실려 있었는데 유난히 검고 음침한 산양은 뿔을 숙인 채 행운의 여신을 추격하듯 뒤따르고 있었다. 높이가 십오 피트나 되는 신기한 다리미 모양의 상이 그 뒤를 이었다. 다리미 뒤를 이은 거대한 가위는, 끈으로 펼쳐졌다 접혔다 하며 마치 푸른 비단자락을 자르기라도 하는 듯 파란 하늘을 배경으로 힘차게 찰칵거리고 있었다. 그 외에도 옷을 만들 때 흔히 사용되는 도구들이 행렬을 이었다. 이런 다양한 형상 아래에서 네 마리의 말이 끄는 넓은 썰매에는 각각 화려한 의상을 입은 젤트빌라 주민들이 앉아 큰 소리로 웃고 노래하느라 떠들썩했다.

두 마을의 행렬이 동시에 들이닥치는 바람에 음식점 앞마당은 사람과 말들로 북적거리고 떠들썩했다. 골다흐 시민들은 뜻밖의 가장행렬에 모두들 어안이 벙벙했으나 젤트빌라 시민들은 흐뭇한 표정으로 조용히 썰매를 세워 갔다. 선두에 섰던 행운의 여신 썰매에는 '사람이 옷을 만든다'는 문구가 새겨져 있었다. 각 시대별로 전 세계 재단사 연합을 재현한 가장행렬로, 가위 문화인류학적 의상 축제 무대라 일컬을 만했다. 행렬의 끝에는 역순으로 조합하여 만든 '옷이 사람을 만든다!'는 문구를 올려놓았다. 먼저 지나간 썰매에는 이교도와 기독교식 재단사의 작품으로 다양하게 장식되어 있었고, 이 문구를 달고 들어온 마지막 썰매에는 위풍당당한 황제와 왕, 시의회 의원과 참모 장교들, 고위 성직자와 수녀 등을 표현한 작품들이 엄숙한 모습으로 앉아 있었다.

이런 재단사 행렬로 인해 요란하고 떠들썩하던 분위기가 질서정연해지면서 골다흐의 신사 숙녀들과 선두의 신랑 신부가 조용히 집 안으로 들어가, 모두들 예약해 놓은 아래층 홀에 자리를 잡았다. 한편 젤트빌라 시민들은 커다란 연회장 쪽으로 돌출되어 나온 넓은 계단을 향해 웅성거리며 몰려들었는데, 백작 일행은 이런 모습이 분위기에 잘 어울린다는 생각이 들었다. 뜻밖의 모습에 놀랐지만 젤트빌라 사람들의 유쾌하게 웃는 들뜬 분위기에 금방 익숙해지고 있었다. 다만 백작만은, 자신을 의심하는 사람도 없었고, 또 저들이 어디서 온 어떤 사람들인지도 마음에 두지는 않았지만, 불안하고 마음이 편치 않았다. 자신의 썰매를 한쪽에 세워 두고 조심스럽게 슈트라핀스키 근처에 자리 잡았던 멜허 뵈니는 슈트라핀스키가 들을 수 있도록 큰 소리로, 가장행렬이 유래된 어느 낯선 지방을 화제에 올렸다.

곧 두 도시 사람들은 각자 널판으로 가설해 놓은 곳에 자리를 잡고 앉아서 뭔가 재미있는 일을 고대하듯 즐겁게 대화를 나누거나 농담을 주고받았다.

이들은 쌍쌍이 무도회장으로 들어가고, 홀에는 막 악사들의 바이올린 연주가 시작되고 있었다. 모두들 둥글게 서서 윤무를 추기 위해 정렬하자 젤트빌라의 대표가 나와 자기들이 준비한 연회에 골다흐의 신사 숙녀들을 초대해 함께 즐기고 싶다는 제안을 했다. 이런 제안을 마다할 리 없을뿐더러 젤트빌라 사람들로부터 즐거운 축제를 약속받은 사람들은 제안을 했던 대표의 지시에 따라 커다랗게 반원을 그리며 앉았다. 그 한가운데 앉아 있는 슈트라핀스키와 네트헨은 왕후의 별처럼 빛나 보였다.

이어 앞서 만났던 재단사 팀들이 차례로 입장했다. 모두들 우아한 몸짓으로 '사람이 옷을 만든다'라는 문구와 그 역순의 문구 '옷이 사람을 만든다'를 들고 있었다. 화려한 옷이나 군주의 외투, 사제복 등을 부지런히 완성한 것 같았다. 가난한 사람들은 그 옷을 입고 졸지에 높은 신분으로 변장해서 음악에 맞추어 의젓하게 걸어 들어왔다. 이런 식으로 동물우화도 무대에 올려졌다. 온몸을 공작 깃털로 장식한 커다란 까마귀가 깍깍거리면서 사방을 풀쩍풀쩍 뛰어다녔고, 다음에는 양털 가죽을 잘라 옷을 만들어 입은 늑대, 마지막으로 삼베 조각으로 만든 무시무시한 사자 가죽을 뒤집어 쓴 노새는 비밀경찰 제복을 입기라도 한 듯 보무도 당당하게 등장했다. 이렇게 등장했다가 작품 설명이 끝나면 되돌아가 골다흐 사람들이 만든 반원의 나머지를 하나씩 채워 가며 점차 하나의 커다란 원을 만들어 갔다. 텅 빈 둥근 원이 완성된 순간 애처로운 음률의 곡이 잔잔하게 흘러나오면서 마지막 인물이 등장했다. 원을 이룬 사람들의 시선은 모두 그에게 향했다. 검은 외투를 입고 있는 늘씬한 젊은이는 검은 머리카락에 폴란드 모자를 쓰고 있었다. 지난 가을날 거리를 헤매다 숙명적으로 마차에 올라탔던 바로 그 슈트라핀스키 백작이었다.

긴장된 분위기에 모두들 숨을 죽이고 그의 모습에 시선을 고정시켰다. 음악에 맞추어 무거운 발걸음으로 몇 걸음 떼어 놓다가 둘러 모인 사람들 한가운데로 가서는 외투자락을 휘날리며 재단사처럼 앉아서 꾸러미를 펼쳐 놓는 것이었다. 지금 슈트라핀스키 백작이 입고 있는 것과 같은, 거의 완성된 백작 상의를 꺼냈다. 그리고 능숙한 솜씨로 재빠르게 장식용 술과 레이스를 달고, 뜨거운 다리미를 젖은 손으로 시험해 보면서 옷을 다렸다. 천천히 일어나면서 낡은 상의를 벗어 버리고 화려한 옷으로 갈아입었다. 작은 거울을 보며 머리를 빗고 정장을 갖추자 어느덧 백작과 똑같은 모습이 되었다. 갑자기 빠른 템포의 음악이 흘러나왔고 그 남자는 낡은 외투에 싼 자신의 소지품 꾸러미를 사람들 머리 위로 멀리 던져 버렸다. 자신의 과거로부터 영원히 벗어나기라도 하려는 듯, 자부심 강한 사교계의 신사처럼 당당하게 춤을 추기 시작했다. 여기저기에 정중하게 인사도 하면서 둥글게 모인 사람들 앞을 지나 신랑 신부가 있는 곳까지 스텝을 밟아 갔다. 그러다 꼼짝도 하지 않고 조용히 서서는 너무 놀라 당황해 하는 폴란드 사람을 갑자기 뚫어지게 바라보았다. 순간 약속이라도 한 듯 음악이 멈추고 무시무시한 정적이 감돌았다.

"아이고 이런."

그는 분명한 목소리로 외치면서 재단사를 향해 팔을 내

밀었다.

"폴란드어를 쓰는 슐레지엔 동지 아닙니까! 사소한 사업 문제로 내가 파산한 줄 알고 달아나신 분이군요. 이렇게 재미있게 지내며 여기서 즐거운 축제의 밤을 보내시는 걸 보니 반갑습니다! 골다흐에서 일을 하십니까?"

창백하게 미소를 지으며 앉아 있던 백작은, 변장을 한 사나이가 소리치는 동안에, 벌겋게 달아오른 쇠 막대라도 잡는 듯 그가 내민 손을 마지못해 잡았다.

"모두들 이리 와서 천사 같은 재단사 양반 좀 보게! 하녀건 신부의 딸이건, 물론 머리가 약간 이상하기는 하지만 모든 여인들에게 인기 만점이라지!"

젤트빌라 사람들 모두 슈트라핀스키와 그의 옛 주인에게 다가와 성심 어린 악수를 했다. 슈트라핀스키는 앉아 있는 의자가 흔들릴 정도로 떨고 있었으며, 다시 활기찬 행진곡이 연주되었다. 젤트빌라 사람들과 신랑 신부를 마주하고 있던 이들 모두 악마처럼 웃으며 합창을 하면서 홀 밖으로 줄지어 물러갔다. 한편 뵈니가 퍼트린 놀라운 이야기는 순식간에 모든 골다흐 사람들에게로 퍼져 나갔고, 우왕좌왕하던 그들과 젤트빌라 사람들이 맞부딪치면서 일대 혼란이 벌어졌다.

마침내 사람들이 다 빠져나가고 혼란이 진정되면서 홀은 거의 텅 비었다. 몇몇 사람들은 벽에 기대어 서서 당황스러운 듯 서로 수군거렸다. 네트헨과 어느 정도 거리를 두고 있던 젊은 여인 몇몇은, 다가가야 할지 아니면 그냥 그대로 있어야 할지 몰라 머뭇거리고 있었다.

하지만 두 사람은 이집트 왕과 왕비 석상처럼 꼼짝도 하지 않은 채 조용히 쓸쓸하게 앉아 있었으며, 그 모습은 끝없이 타오르는 사막의 모래처럼 황량했다.

대리석처럼 창백해진 네트헨은 천천히 몸을 돌려 신랑의 옆모습을 바라보았다.

그는 천천히 일어나 고개를 떨어뜨리고 축 처진 발걸음을 떼었다. 눈에서는 굵은 눈물방울이 떨어졌다.

그는 큰 장을 누비는 망자의 유령처럼 계단에 깔려 있는 젤트빌라와 골다흐 사람들 사이로 지나갔다. 아무도 비웃거나 욕설을 퍼붓지 않고 조용히 길을 비켜 주면서 지나가게 내버려 두었다. 젤트빌라 사람들이 그들 진영에서 홍겹게 놀고 있는 동안, 그는 골다흐 사람들이 떠날 채비를 해 놓은 썰매와 말들 사이를 지나, 다시는 골다흐로 돌아오지 못한다는 생각에 잠겨 거의 무의식적으로 자신이 몸담고 있었던 젤트빌라 쪽를 향해 걸어가고 있었다. 몇 달 전에 걸어왔던 바로 그 길이었다. 곧 어두운 숲속으로 들어섰다. 길은 숲속으로 계속 이어졌다. 모자도 쓰지 않았다. 그의 모자는 무도회장의 창문 난간에 장갑과 나란히 놓여 있었다. 언 손을 겨드랑이에 낀 채 구부정하게 앞으로 걸어 나갔다. 반면 정신은 점점 더 맑아지면서 몇 가지 생각에 집중되어 갔다. 가장 먼저 떠오른 것은 커다란 수치심이었다. 피치 못할 불행으로, 명성과 지위를 갖춘 사람이 비굴하게 전락해 버릴 때와 같은 느낌이었다. 하지만 자신이 겪는 수치심이 부당하다는 생각이 들면서 이런 감정도 사라졌다. 어린 시절 일까지 모두 기억할 수는 없지만, 저주받은 도시로 찬란하게 입성할 때까지 그는 어떤 죄도 지은 적이 없었기 때문이다. 어쩌면 어린 시절, 거짓말을 하거나 부모의 말을 듣지 않아 벌을 받거나 꾸중을 들었을지 모른다. 그런 그가 이제 사기꾼이 되었고 그로 인해 어리석은 세상은 방심한 순간 그를 덮쳐 도박꾼으로 만들어 버렸다. 못된 친구의 꼬임에 넘어가 제단의 촛대를 훔친 어린아이와 같은 처지가 된 것이다. 자신이 한심하고 처량했지만, 한편으로 불행에 빠진 자신이 안쓰러워 눈물이 났다.

영주가 아무 노고 없이 봉토와 봉신을 얻고, 신부가 아무런 신념 없이 교회에서 설교를 하며, 더욱이 소중한 자산까지 횡령한다면, 자만심에 빠진 선생이 학문적인 연마를 통한 최소한의 지식도 쌓지 않고 조그만 후원도 하지 않으면서 숭고한 교직의 명성과 이익만 누린다면, 예술가가 주관도 없이 경솔한 행동과 텅 빈 속임수로 유행을 따르고 진정한 예술의 명성과 대가를 훔친다면, 사기꾼이 위대한 사업가의 재산을 사취하거나 양심 없이 수많은 사람들이 아껴 모은 돈과 비상금을 빼앗았다 하더라도, 이들 모두 자신의 잘못을 반성하며 울지 않는다. 오히려 자신의 부정축재에 만족해 하며, 친구들에 둘러싸여 매일같이 사교 모임의 들뜬 밤을 즐길 것이 아닌가.

하지만 우리의 재단사는 너무도 괴로워하며 울고 있었다. 우울하고 고통스러워 하던 그는 문득 두고 온 신부 생각이 나자 부끄러운 마음에 땅속으로 꺼져 들고 싶을 뿐이었다. 찬란한 행복이 사라지고 나타난 불행과 좌절의 고통으로 인해 그는 희미한 사랑의 미로에서 헤매다가 쫓겨난 신세가 되었다. 차갑게 반짝이는 별을 향해 팔을 뻗으면서 비틀거리던 그는 다시 가만히 서서 머리를 흔들었다. 갑자기 붉은 빛이 주변에 쌓인 눈 위를 비추는가 싶더니 곧 방울소리와 웃음소리가 들렸다. 횃불을 밝히며 집으로 돌아가는 젤트빌라 사람들이었다. 앞장을 선 말들이 다가오고 있었다. 가까스로 몸을 가눈 그는 길 가로 힘차게 몸을 던져 숲속으로 숨었다. 멋진 행렬이 모두 지나가고 멀리 어둠 속으로 사라졌다. 한참 동안 그대로 꼼짝하지 않고 귀를 기울였다. 독한 술을 마셔 취한 데다 추위가 엄습해 오자 자신도 모르게 몸이 풀리고 두껍게 쌓인 눈 위에서 잠이 들었다. 동쪽으로부터 매서운 찬바람이 불어 들고 있었다.

그 사이 네트헨도 외로이 앉아 있던 자리에서 일어났다. 사라져 가는 애인의 뒷모습을 주의 깊게 지켜보면서 미동도 않고 한 시간 넘게 앉아 있었다. 그러다가 갑자기 어쩔 줄 몰라 슬피 울면서 문 쪽으로 걸어갔다. 여자 친구 둘이

다가와 어설프게 위로의 말을 건넸다. 그들에게 외투와 손수건, 모자 등을 부탁한 다음 베일로 급하게 눈물을 닦으면서 말없이 옷을 입었다. 울면 콧물이 나오기 마련이듯, 손수건을 꺼내어 코를 세게 풀었다. 그러고는 당당하고 단호한 표정으로 주위를 둘러보았다. 이 모습을 지켜보던 멜허 뵈니가 다정하게 웃으며 점잖게 다가와서는, '베테스다 연못'은 여기 남겨 두고, 자기가 '포투나'를 몰아 불행을 당한 그녀를 안전하게 골다흐까지 모셔갈 테니 마부와 조수는 집으로 돌려보내자고 했다.

네트헨은 아무 대답도 않고 자신에 찬 걸음으로 마당을 향해 걸어 나갔다. 마당에는 배불리 먹은 뒤라 금방이라도 출발할 것처럼 성급히 구는 말들과 썰매가 준비되어 있었다. 급히 썰매에 올라탄 네트헨은 고삐와 채찍을 잡았다. 아무것도 모르는 뵈니가 만족스러운 표정으로 말을 지키고 있던 하인에게 줄 팁을 찾는 동안 그녀는 갑자기 말을 몰아 도로로 힘차게 뛰어오르더니 쏜살같이 내달렸다. 하지만 고향 골다흐가 아니라 젤트빌라로 향했다. 썰매가 시야에서 사라진 후에야 뵈니는 무슨 일이 벌어진 것을 알고는, 멈추라고 외치면서 골다흐 쪽으로 따라가다가 이내 되돌아와서는 자기 썰매를 몰아, 납치된 여인 혹은 어쩌면 내달리는 말에 끌려가 버린 사랑하는 여인을 구하기 위해 술렁거리는 시내 입구까지 뒤쫓아 갔다. 시내에서는 이 불미스러운 사건에 화가 나 모두들 웅성거리고 있었다.

네트헨이 왜 그 길로 접어들었는지, 혹 길을 잘못 들어선 것인지, 아니면 일부러 그리로 간 것인지에 대해서는 아직 확실하지 않았지만, 다음 두 가지 상황을 두고 추리해 보면 어렴풋이 그 답이 나올 것이다. 먼저 한 가지 이상한 점은 두 사람이 앉아 있던 자리 뒤쪽 창문 난간에 있던 슈트라핀스키의 털모자와 장갑이 지금 '행운의 여신' 썰매를 타고 가는 네트헨 옆에 놓여 있었다. 언제 어떻게 집어 갔는지는 아무도 모르고 정작 네트헨 자신조차도 모르는 무의식중에 벌어진 일이어서, 지금도 그녀는 옆에 모자와 장갑이 있는지를 모르고 있었다. 다음으로 유념할 일은, 그녀가 마차를 타고 달리는 동안 몇 번이고 큰 소리로 중얼거렸다는 것이다.

"그와 두 마디만 하면 돼, 딱 두 마디!"

이 두 가지 사실로 미루어 보아 불같이 말을 달려 젤트빌라 쪽으로 간 것은 결코 우연이 아닌데, 여전히 알 수 없는 것은, 썰매가 환한 보름달이 비치는 숲속의 길로 들어서자 네트헨이 고삐를 세게 끌어당겨 말들은 거의 걷는 수준이었으며, 깊은 슬픔에도 불구하고 잔뜩 긴장한 채 좌우의 어떤 사소한 것도 놓치지 않으려는 듯 네트헨은 예리하게 길을 응시하고 있었다는 점이다.

그녀의 영혼은 깊고 깊은 망각의 늪에 빠져든 듯싶었다. 과연 행복이란 무엇이며 인생이란 또 어떤 것일까? 행복과 인생을 조정하는 것은 또 무엇일까? 우스꽝스러운 사순절의 거짓말 때문에 행복해지거나 불행해지는 우리는 과연 무엇일까? 유쾌하고 경건한 일로 인해 치욕과 절망감에 빠진 것이라면 거기에는 또 어떤 죄가 있단 말인가? 우리의 운명을 산산이 찢어 놓은 그런 멍청한 환영을 보낸 것은 또 누구란 말인가, 비누거품처럼 사라지는 환영을?

꼬리에 꼬리를 물고 떠오르는 의문이라기보다는 꿈꾸듯 몽환에 잠기던 즈음, 길 한쪽으로 달빛에 반짝이는 하얀 눈 위에서 갑자기 길고 검은 형체가 눈에 띄었다. 길게

누워 있는 것은 벤첼이었다. 늘씬한 몸매는 달빛에 분명히 드러났지만 검은 머리카락은 나무 그림자에 가려 잘 보이지 않았다. 네트헨은 자신도 모르게 말을 세웠고 그와 동시에 숲은 깊은 정적에 휩싸였다. 어두운 형체에 시선을 고정시켜 보았지만 분간하기 어려웠다. 그녀는 고삐를 잡아매어 놓고 조용히 썰매에서 내렸다. 잠시 말을 쓰다듬어 주며 진정시킨 다음 조심스럽게 조용히 다가갔다.

그였다. 어두운 밤인데도 불구하고 짙은 초록색 벨벳 상의는 눈 위에서 우아하고 멋지게 보였다. 늘씬하고 유연한 몸매에 맞춰 단정하게 단추가 채워져 있었다. 의식을 잃고 거의 동사 직전의 절망적인 상태였음에도 이렇게 표현할 수밖에 없었다. 정말, 옷이 날개!

몸을 굽히고 가까이 다가가 자세히 확인해 보니, 그는 이미 얼어서 생명이 위험한 상태인 것 같았다. 네트헨은 주저 없이 싸늘하게 얼어 버린 한쪽 손을 잡았다. 모든 것을 잊은 채 그녀는 가엾은 젊은이를 흔들어 대며 귀에 대고 그의 세례명을 소리쳐 불렀다.

"벤첼, 벤첼!"

아무 소용없었다. 그는 꼼짝도 하지 않고 가늘게 숨만 쉬고 있었다. 네트헨은 그 위에 엎드려 얼굴을 문질렀고 불안한 생각에 새파랗게 언 코끝을 퉁겨 보았다. 그러다가 문득 좋은 생각이 떠올랐다. 눈을 양손 가득 퍼 담아 와서 그의 코와 얼굴에 대고 문질렀다. 손가락도 세게 문질러 주었다. 불행한 행운아가 회복되어 깨어나면서 천천히 몸을 일으킬 때까지 그렇게 했다.

주위를 둘러보던 그는 자신을 구해 준 구원자가 바로 앞에 서 있는 것을 보았다. 네트헨이 베일을 젖히자 벤첼은 커다란 눈으로 걱정스럽게 지켜보는 그녀의 하얀 얼굴을 분명히 알아볼 수 있었다. 그는 앞에 쓰러져 그녀의 옷자락을 잡고 외쳤다.

"용서해 주오! 나를 용서해 주오!"

"일어나세요! 당신과 함께 해결해야 할 문제가 있어요!"

떨리는 목소리를 억누르며 그녀가 말했다. 네트헨이 썰매에 오르라고 손짓을 하자 그는 올라탔다. 그리고 가져올 때도 그랬듯이 무의식중에 모자와 장갑을 건네주고 고삐와 채찍을 잡고 달렸다.

길에서 멀지 않은 숲 건너편에 농가가 하나 있었는데, 그곳에는 얼마전에 남편을 잃고 혼자 아이들을 키우는 농부의 아내가 살고 있었다. 네트헨은 그 집 아이들의 대모였으며, 시의원인 그녀의 아버지가 지주였다. 최근에 그 딸에게 축복을 기원해 주고 여러 가지로 충고를 해 주기 위해 들른 적은 있었지만, 지금은 상황이 전혀 달랐다.

네트헨은 이 농가로 썰매를 몰았다. 잠시 후 큰 길에서 꺾어 들었고 채찍을 힘차게 휘둘러 집 앞에 멈추었다. 작은 창문 사이로 아직 불빛이 새어 나오고 있었다. 아이들과 하녀는 깊이 잠들었지만, 여태 자지 않고 일을 하고 있던 부인이 창문을 열고 의아해 하며 내다보았다.

"저예요, 새로 난 길 때문에 방향을 잃고 잘못 들어 왔어요. 다시 출발하기 전에 잠시 들어갈 테니 커피 한 잔만 주시겠어요. 부인!"

말과 낯선 백작을 보고 놀라고 당황한 기색이었지만, 네트헨을 바로 알아본 부인은 서둘러 반갑게 맞이했다. 두 사람이 안으로 들어서자 부인의 두 눈은 기쁜 빛으로 반짝거렸다. 자신과 아이들에게 작은 부분이나마 도움이 되리라는 막연한 희망들로 생기가 돈 착한 여인은 민첩하게 움직이며 젊은 주인을 성심껏 대접했다. 신속하게 어린 하인을 깨워 말을 매게 하고 어느새 뜨거운 커피를 준비해 벤첼과 네트헨이 마주 보고 앉아 있는 어두컴컴한 방으로 가져왔다. 식탁 위에는 등잔불이 희미하게 깜빡거리고 있었다.

벤첼은 감히 바라보지도 못한 채 양손으로 머리를 감싸고 앉아 있었으며, 네트헨은 의자에 기대고 앉아 눈을 감고 있었다. 잠이 든 것은 아니었지만 그녀의 입술은 너무 아름다웠다. 부인이 커피를 식탁에 내려놓자 네트헨이 얼른 몸을 일으키며 조용히 일렀다.

"잠시만 침실로 가 계세요, 부인! 사소한 말다툼을 했는데 오늘 기회가 좋으니 좀 풀려고 해요!"

"알겠습니다. 잘 해결될 거예요!"

곧 두 사람만 남게 되었다.

"몸이 좀 풀릴 테니, 커피 드세요!"

커피를 권한 다음 자신은 손도 대지 않고 다시 앉았다. 조용히 떨고 있던 벤첼 슈트라핀스키는 일어나 커피 잔을 들고는 다 들이켰다. 원기를 회복하기 위해서라기보다는 그녀의 말을 따랐다는 것이 옳겠다. 이제 그는 네트헨을 바라보았고, 눈이 마주치자 네트헨도 그의 눈을 살펴보았다. 그리고 몸을 떨면서 물었다.

"당신은 누구시죠? 제게 뭘 원하세요?"

"보시는 것과는 달리, 저는 보잘것없는 바보일 뿐입니다. 하지만 모든 걸 정리하고 배상해 드리겠습니다. 그런 다음 더 이상 삶을 구걸하지 않겠습니다!"

벤첼이 확고한 표정으로 한 이 말에 네트헨의 두 눈은 어느 새 반짝거렸다. 그럼에도 그녀는 다시 물었다.

"당신이 도대체 어디서 온 누구이며 또 어디로 갈 작정인지 그게 궁금하네요."

"이제 당신에게 진실을 말해야 될 때가 온 것 같군요."

이렇게 대답하며 자신이 누구이며 어떻게 골다흐로 오게 되었는지 자세히 설명했다. 특히 그는 몇 번이나 도망을 하려고 했지만 그녀를 만나면서 마치 마법에 홀린 듯 빠져 나올 수 없었다는 것도 분명히 밝혔다. 네트헨은 몇 번이나 웃음이 나오려는 것을 억지로 참았다. 웃음을 터트리기엔 문제가 너무 진지했기 때문이다. 그래서도 더 많은 질문을 던졌다.

"그런데, 저와는 어디로 가서 무엇을 하실 생각이었죠?"

"구체적으로 생각한 건 없지만, 계속 신기하고 행복한 것을 꿈꾸었습니다. 때로는 죽음까지도 생각해 보았습니다만, 그 전에 저는…"

여기서 벤첼은 멈추었고, 창백했던 그의 얼굴은 빨갛게 상기되었다.

"계속하세요!"

네트헨 역시 얼굴이 창백해지면서 재촉하는 동안 가슴이 두근거렸다. 벤첼은 두 눈을 커다랗게 치켜뜨며 격정적으로 외쳤다.

"이제 내가 어떻게 했을지 선명해지는군요! 나는 당신과 함께 넓은 세상으로 나가 짧지만 행복한 하루를 보내고, 당신에게 거짓을 모두 고백한 후 바로 삶을 마쳤을 겁니다. 당신은 고이 길러 주신 아버님에게 되돌아가고 이내 저를 잊어버리게 될 겁니다. 그리고 흔적도 없이 사라질 테니 나에 대해서는 아무도 모를 테지요. 평생 당신에 대한 사랑과 온정을 생각하며 시름하느니 짧은 순간이지만 위대하고 행복한 삶을, 행복도 불행도 초월한 그 무엇보다 더 숭고한 사랑을 하고 싶었던 겁니다! 오, 차라리 싸늘한 눈 위에 그대로 내버려 두었더라면 조용히 잠들어 버렸을 텐데!"

그는 다시 조용해졌으며 참담한 마음으로 자신을 바라보았다. 벤첼의 고백으로 두근거리던 가슴을 어느 정도 진정시킨 다음, 그를 조용히 지켜보고 있던 네트헨이 잠시 후 말을 꺼냈다.

"예전에도 그런 변명을 늘어놓고 아무런 죄도 없는 무고한 사람을 속인 적은 없나요?"

"이 괴로운 밤, 저도 그에 대해 자문해 보았으나 별다른 기억이 나지 않는군요! 그런 무모한 짓은 아직 한 번도 한 적도 경험해 본 적도 없습니다! 타고난 성격상 올바르게 살아 왔고 또 그렇게 보이도록 노력해 왔어요. 어린 시절에조차 올바르지 않다고 판단되면 인내심으로 외면했을 뿐 아니라 결코 그런 요행을 바란 적도 없었죠!"

"이 분은 누구시죠?"

"제 어머니입니다. 결혼하시기 전, 이웃의 지주 부인을 위해 일한 적이 있었던 어머니는 그 분을 모시고 함께 여행을 하며 대도시로 자주 여행을 하셨던 모양입니다. 그래서 마을의 다른 여인들에 비해 훨씬 세련되셨고 약간의 허영심도 있으셨죠. 늘 우아하고 화려하게 옷을 입으셨고 외동아들인 저도 그렇게 입히곤 하셨죠. 가난한 교사였던 아버님이 일찍 돌아가셔서 저희는 형편이 매우 어려웠고 어머님이 늘 꿈꾸시던 어떤 희망도 보이지 않았습니다. 어머님은 그렇게 좋아했던 세련된 치장조차 포기해 가며, 가족을 부양하기 위해 더욱더 힘든 일을 해야만 했죠. 제가 열여섯 살이 되던 무렵, 남편과 사별하고 홀로 된 지주 부인의 부탁으로 집안 살림을 맡아 아예 그 저택으로 이사를 가게 되었습니다. 마을에서 날품팔이를 하거나 하인이 되는 것보다는 그 편이 낫겠다는 생각으로 어머니는 저를 함께 데리고 갔죠. 저택에 살면서 이것저것 가벼운 일을 할 수 있게 되자 부인은 제가 관심 있어 하는 것을 배우게 해 주셨습니다. 그것은 우리에게 있을 수 있는 어떤 일보다 멋진 일이었던 것 같았죠. 모든 것은 사전 계획대로 되어 가는 것 같았습니다. 그러던 가운데, 슬픔에 잠긴 채 깊은 시름을 하던 어머니가 어느 날 갑자기 눈물을 흘리면서 저에게 어머니 곁을 떠나지 말고 가난하게 살더라도 함께 살자고 애원하셨습니다. 자신은 늙지 않을 것이라며, 설사 어머님이 죽더라도 저는 분명히 좋은 일자리를 얻게 될 거라고도 하셨습니다. 저는 마음이 우울해서 이 일을 지주 부인에게 말씀드렸고, 부인은 어머니를 타이르셨죠. 어머니는 흥분된 어조로 아이를 절대 빼기지 않겠다고 외치며 이러시는 겁니다. 아이를 안다는 사람이…"

여기서 다시 멈춘 벤첼 슈트라핀스키가 더 이상 말을 잇지 못하자, 네트헨이 물었다.

"어머님이, 아이를 아는 사람이라고 하시다니 무슨 말씀인가요? 왜 말을 잇지 못하세요?"

벤첼은 얼굴이 붉어지며 대답했다.

"지금까지 한 번도 들어본 적 없는, 제가 이해할 수 없는 이상한 말씀을 하셨죠. 그 아이를 아는 사람이라면 그 아이를 떠나보낼 수 없다는 말씀인 것 같았죠. 그리고 제가 착한 소년이라거나 그 비슷한 이야기를 하신 것 같았어요. 여하튼 그때 어머니는 매우 흥분해 있었으며, 온갖 설득에도 불구하고 부인의 말을 듣지 않았고 결국 저는 어머니 곁에 남게 되었습니다. 그래서 어머니는 저를 유난히 아끼셨고 내게 반드시 행운이 찾아올 거라며 수없이 용서를 구하셨죠. 돈을 벌어야 할 나이가 되자, 별로 할 일이 없었던 저는 마을 재단사의 도제로 들어가는 도리밖에 없었습니다. 저는 하기 싫어했지만, 어머니는 울면서 제게 애원하셨고 그래서 이 일을 하게 된 것입니다. 그게 전부입니다."

언제 어떤 연유로 어머니 곁을 떠나게 되었느냐는 네트헨의 질문에 벤첼은 이렇게 대답했다.

"군 복무 때문에 저는 경기병으로 들어갔습니다. 비록 연대 내에서 가장 우둔한 친구였고, 그냥 조용히 지내는 편이었지만, 그래도 멋진 붉은 제복의 어엿한 경기병이었죠. 일 년 후 몇 주간의 휴가를 받아 어머니를 뵙기 위해 서둘러 고향을 향했지만, 이미 돌아가신 뒤였습니다. 제대를 하고 나서 외로이 세상을 떠돌다 이런 불행한 운명에 처하게 된 것입니다."

이렇게 하소연하는 동안 그를 주의 깊게 살펴보던 네트헨은 조용히 미소를 지었다. 한동안 침묵이 흘렀다. 어떤 생각이 떠올랐는지 잠시 망설이던 그녀는 갑자기 냉담하게 물었다.

"항상 그렇게 멋지고 친절한 분이었다면, 분명히 사랑하는 사람도 있었을 텐데요, 아직 저에게 말하지 않은, 양심의 가책을 느낄 만한 연애 사건 같은 것 말이에요?"

"오, 하느님, 맹세코 당신과 만나기 전까지 저는 어떤 여인도, 어린 소녀의 손끝조차 건드린 적이 없어요, 다만…"

"다만, 그래서?"

네트헨이 다그쳐 물었다.

"저를 데려가고 싶어 했던 그 부인에게 딸이 하나 있었습니다. 예닐곱 살 정도 된 이 소녀는 이상하게 성격이 급한 아이였지만 착하고 귀여웠으며 천사처럼 아름다웠죠. 저는 그 아이를 돌보는 보호자 역할을 해야 할 때가 많았고, 저 역시 그 일에 익숙했습니다. 나이 드신 신부에게 수업을 받는 그 아이를 매주 수도원으로 데려다 주고 데리고 오는 일도 저의 몫이었습니다. 같이 놀아 줄 사람이 없으면 함께 밖으로 놀러 나갈 때도 많았죠. 저녁노을이 비치는 가운데, 마지막으로 들판을 지나 집으로 데려다 주었을 때 이 아이가 곧 여기를 떠날 거라며 저도 같이 가야 한다고 했습니다. 그리고 같이 가겠느냐고 물었습니다. 저는 그럴 수 없다고 말했지만, 소녀는 계속 졸랐죠. 제 팔에 매달리며 어린아이처럼 가는 길을 막았습니다. 어리고 철이 없었던 저는 퉁명스럽게 뿌리칠 수밖에 없었죠. 부끄럽고 슬픈 마음에 소녀는 고개를 숙인 채 터지려는 눈물을 꾹 참았지만, 흐느끼는 소리는 어쩔 수 없었죠. 당황한 저는 달래 보려고 했으나 매정하게 토라져 가 버렸습니다. 그때부터 그 예쁜 아이는 늘 제 머릿속에 남아 있었고 제 마음은 늘 그 아이에게 가 있었죠. 그 이후 한 번도 소식을 들어본 적은 없지만…"

그는 약간 상기된 기분으로 갑자기 말을 멈췄고, 내심 놀란 듯 창백한 얼굴로 네트헨을 바라보았다.

"그런데 왜 저를 그렇게 바라보세요?"

역시 창백해진 네트헨도 이상하다는 듯 물었다. 벤첼은 팔을 내밀고 마치 유령을 본 듯 손가락으로 네트헨을 가리키며 외쳤다.

"바로 이런 모습이었어요. 그 소녀가 화가 났을 때 지금 당신처럼 아름다운 머리카락이 이마 주위에 날리고 있었어요. 관자놀이가 약간 나와 머리카락이 움직이는 것이 보였습니다. 저녁노을이 물든 들판 위에서 마지막으로 본 소녀의 모습이었죠."

사실 관자놀이에서 이마로 흘러내린 네트헨의 곱슬머리도 얼굴 위로 미풍이 부는 것처럼 조용히 움직였다. 여기서 무엇보다 여성의 본능적인 애교와 부드러움이 어려운 문제를 해결하는 데 그 신비한 힘을 발휘했다. 짧은 침묵의 시간이 흐르고 그녀의 가슴이 뛰기 시작했다. 네트헨은 식탁을 돌아 남자에게 다가가서는 그의 목에 매달리며 말했다.

"떠나지 않겠어요! 내 사랑, 당신과 함께 이 세상 어디라도 가겠어요!"

이제 네트헨은 마음 깊은 곳에서 우러난 진정한 사랑을 하게 되었다. 달콤한 열정에 사로잡혀 한 운명을 받아들이고 성실히 지키겠다는 심오한 결심이었다. 하지만 운명의 굴레에서 헤어 나오지 못하는 그런 어리석은 여인은 절대 아니었다. 오히려 신속하고도 단호한 결단을 내렸다. 예측할 수 없는 행운의 변화 속에서 좌절을 맛보았던 선량한 벤첼에게 네트헨은 이렇게 말했다.

"지금 바로 젤트빌라로 가서 우리를 파멸의 길로 이끌었던 그들에게, 진정으로 하나가 되어 행복해진 우리의 모습을 보여 주고 싶어요!"

착실한 벤첼은 네트헨의 말을 이해하지 못했다. 오히려 아무도 모르는 먼 곳으로 가서 조용히 행복한 삶을 누리며 은밀하고 낭만적으로 살고 싶다고 했다. 그러나 네트헨은 외쳤다.

"긴 말 할 것 없어요! 가엾은 나그네 양반, 저는 당신을 이해해요. 나의 고향에서 우리를 욕하는 이런 거만한 자들에게 당당히 맞서는 당신의 아내가 되겠어요! 젤트빌라로 가서 우리를 비웃는 사람들을 당당하고 지혜롭게 우리 편으로 만들 거예요!"

말대로 거두는 법! 농부의 아내가 불려 들어오고 다시 설 자리를 되찾은 벤첼이 감사의 뜻으로 선물을 한 후에 두 사람은 다시 출발했다. 이제 벤첼이 고삐를 잡고 네트헨은 기둥처럼 든든한 그의 어깨에 편안히 기대었다. 인간의 의지는 하늘의 뜻인지라, 네트헨은 바로 삼일 전에 성년이 되어 자신의 의지대로 결정할 나이가 된 것이었다. 그들은 젤트빌라의 '무지개' 여관 앞에 말을 세웠다. 썰매를 타고 왔던 한 무리의 사람들이 그곳에서 술을 마시고 있었다. 두 사람이 안으로 들어서자 모두들 웅성거리기 시작했다.

"허, 여기 눈 맞아 도망간 양반들 아닌가! 귀한 이야깃거리가 생겼네!"

하지만 벤첼은 돌아보지도 않고 신부와 함께 걸어갔다. 네트헨이 방으로 들어간 걸 확인한 후에 그는 또 다른 깨끗한 여관 '자연인'에 나타났다. 고주망태가 되도록 마셔야 된다는 그들의 놀라운 충고를 뒤로 하고, 당당하게 젤트빌라 사람들 사이를 지나 예약해 놓은 방으로 들어갔다.

한편 같은 시각 골다흐 시에서도 '야반도주!'에 관한 소문이 떠돌기 시작했다. 이른 아침 흥분한 뵈니와 당황한 네트헨의 아버지가 탄 썰매 '베테스다 연못'이 젤트빌라로 향했다. 쉬지 않고 달려 어느새 젤트빌라에 도착했다. 네트헨의 썰매 '행운의 여신'이 여관 앞에 온전히 세워져 있는 걸 확인하고는 말들도 그리 멀리 달아나지는 못했을 것으로 짐작했다. 자신들의 예상대로 네트헨이 도착해 머물고 있다는 사실을 듣고 나서야 썰매에서 말을 풀고 곧장 여관으로 들어갔다.

그리고 얼마 후 네트헨은 사람을 시켜, 아버지와 단 둘이 이야기를 하고 싶으니 자신이 머물고 있는 방으로 오시도록 부탁했다. 들리는 말로는, 네트헨은 이미 시에서 가장 유능한 변호사를 구해 놓았고, 오전 중에 변호사가 올 것이라고 했다. 딸의 방으로 올라가는 시의원은 어떻게 절망에 빠져 헤매는 딸을 잘 달래 데려갈까 하는 고민으로 마음이 무거웠으며, 막막하고 암담한 심정이었다.

반면 네트헨은 차분하고 담담했다. 우선 지금까지 그녀에게 베풀어 준 아버지의 사랑에 대해 진심으로 감사하다는 말을 한 다음, 앞으로의 계획을 간단히 정리해 설명했다. 첫째, 앞으로 골다흐에는 가지 않을 것이며 적어도 몇 년간은 그럴 것이라는 것. 둘째, 자신의 결혼 지참금으로 보관하고 있는 어머니의 유산을 받고 싶다는 것. 셋째, 예정대로 벤첼 슈트라핀스키와 결혼하겠다는 것. 넷째, 결혼 후 젤트빌라에서 살면서 남편이 훌륭한 사업을 하도록 도울 것이라는 것과, 마지막으로 다섯째, 그는 착실한 사람이며 자신을 분명히 행복하게 해 줄 것이므로, 모든 일이 잘 될 것이라는 것 등이었다.

바라던 대로 네트헨의 진정한 행복을 위해 재산을 가능한 빨리 물려주도록 하는 것이 좋겠다는 생각을 하면서 시의원은 본론으로 들어갔다. 처음 듣는 순간부터 온갖 끔찍한 상상으로 그를 괴롭혔던 걱정거리, 즉 딸이 고집하는 이 결혼은 불가능하다는 점을 납득시키려고 했다. 결국 힘든 문제를 점잖게 해결하기 위해 시의원은 최후의 수단을 쓸 수밖에 없었다. 멜허 뵈니 씨였다. 그는 임시 대리인으로서 전체적인 분규를 중단시키고 딸의 명예를 보호하고 지켜 줄 준비가 되어 있다는 것이다.

명예라는 말에 네트헨은 매우 흥분했다. 자신의 명예를 지키는 것이란, 사랑하지 않는 뵈니 씨와 결혼하는 것이 아니라, 자신이 사랑하고 결혼을 맹세한 가난한 이방인과 결혼하는 것이라고 소리쳤다.

서로 언성을 높이며 옥신각신하다가 단호하게 버티던 네트헨은 결국 눈물을 쏟고 말았다.

계단에서 서로 마주친 벤첼과 뵈니가 방으로 들어온 것

은 그와 거의 같은 순간이었고, 방 안은 자칫 대혼란이 일어날 분위기였다. 마침 그때 시의원과도 친분이 있던 변호사가 도착하여 우선 좌중을 진정시켰다. 변호사는 먼저 어떤 상황인지 간단히 청취하고 나서, 벤첼에게 '자연인' 여관으로 돌아가 조용히 대기하고 있으라고 일렀으며, 뵈니 씨에게는 개입하지 말고 나가 달라고 했다. 네트헨은 문제가 해결될 때까지 시민으로서 지켜야 할 예의를 갖추어야 하며, 아버지인 시의원에게는, 딸의 자유는 법적으로 분명히 보장된 것이므로, 모든 강제적인 행위를 중단하라고 지시했다.

그렇게 격리되어 몇 시간 동안 휴전 상태가 유지되었다.

이 사건으로 젤트빌라로 오게 될지 모르는 막대한 재산에 대해 변호사가 언급하자 골다흐에서는 일대 소동이 벌어졌다. 그리고 젤트빌라의 분위기는 돌연 재단사와 그 약혼자에게 유리한 입장으로 돌아갔다. 그들은 어떻게 해서든 사랑하는 연인들을 지켜 주고 자유과 권리를 보장해 주기로 결정했다. 네트헨이 강제로 골다흐로 소환된다는 소문이 들리자 그들은 시위를 벌였으며, 여관 '무지개'와 '자연인' 앞에 무장한 호위병과 의장위병을 배치시키고 이 사건을 어제의 이상한 가면행렬처럼 무모한 관심거리로 만들었다.

이에 놀란 데다 발끈한 시의원은 뵈니를 골다호로 보내 구원을 청했다. 뵈니는 말을 타고 내달려 다음 날 막강한 경찰력과 수많은 남자들을 데리고 왔다. 젤트빌라는 이제 새로운 트로이*의 상황이 되어 가는 분위기였다. 젤트빌라 군은 위협적으로 대치하고 있었다. 시의 고수들은 이미 북 나사를 조이고 전쟁을 알리듯 오른쪽 북채로 두드리기 시작했다. 때마침 고위 관리들과 성직자, 귀족들이 나타나 여러 가지로 논의하며 중재에 나섰다. 네트헨의 결심은 단호했고 벤첼 또한 겁먹지 않고 침착한 태도를 유지했기 때문에 젤트빌라 사람들은 모든 필요한 서류가 준비되면 두 사람의 결혼을 정식으로 발표해야 한다고 격려했다. 그리고 이런 과정에서 어떤 법적인 이의가 제기될지 모르니 그

---

* 켈러는 젤트빌라와 골다흐 시의 관계를 그리스와 트로이의 관계에 비교하고 있다. 호머의 《일리아드》에 의하면 스파르타 왕 메넬라오스의 아내 헬레네가 트로이 사람들에 의해 유괴되었기 때문에 그리스는 10년 동안 작은 도시 트로이를 포위하고 있었다.

에 따른 준비와 각오도 단단히 해야 할 것이라고도 했다.

이런 항의는 가짜 백작 벤첼 슈트라핀스키의 인간성 문제로 딱 한 번 제기된 적이 있었다. 하지만 그와 네트헨의 문제를 담당하고 있던 변호사는, 벤첼에 대한 나쁜 평판을 그의 고향에서는 물론 지금까지의 행로에서도 찾아볼 수 없었으며 어디에서나 긍정적이고 호의적인 소문만 들린다고 전했다.

변호사는 또한, 골다흐에서 벌어진 사건에 대해서도 벤첼이 나서서 백작으로 사칭한 것이 아니라 본인의 의사와 관계없이 이런 신분이 부여되었던 것임을 입증해 주었다. 각종 증서에도 그의 실제 이름 벤첼 슈트라핀스키 외의 다른 어떤 것도 추가로 서명하지 않았으며 다른 불법적인 행위를 한 적도 없었다고 했다. 벤첼이 마차를 타지 않고 마부가 그런 악의적인 장난을 하지 않았더라면 애초에 발생하지도 않았을 어리석은 예우를 즐겼을 뿐이라는 사실도 대신 변호해 주었다.

젤트빌라 사람들이 발사한 소위 말하는 고양이 머리통 같은 소포에 골다흐 사람들의 분노로 이어졌던 결혼식 소동은 이렇게 끝났다. 서풍이 불어서 골다흐 사람들이 포소리를 잘 들을 수 있었던 것이다. 시의원은 딸에게 지참금을 전부 내주었으며, 네트헨은 벤첼이 젤트빌라에서 가장 큰 양복점과 포목상의 사장님이 될 거라고 했다. 당시에는 옷감장수를 포목상 사장님, 철물 상인을 철물상 사장님이라고 불렀다.

그러나 젤트빌라 사람들이 예상했던 기대와는 완전히 다른 결과가 벌어졌다. 벤첼은 겸허한 자세로 검소하고 근면하게 일한 결과 자신의 사업을 대규모로 확장할 수 있었다. 그는 보랏빛이나 흰색과 푸른색 체크무늬가 있는 벨벳 조끼, 황금단추가 달린 무도회용 연미복, 붉은 안감을 댄 망토를 젤트빌라 사람들에게 만들어 주었다. 모두들 그에게 빚을 졌지만 오래가지 않았다. 그에게 새로 유행하는 더 멋진 옷을 맞추려면 미리 선불을 지불해야 했기 때문이다. 그러자 사람들은 벤첼이 흡혈귀처럼 자신들의 돈을 갈취한다고 불평을 했다.

이제 그는 당당하고 살이 쪄서 예전의 환상적인 모습은 거의 찾아볼 수 없었다. 해가 갈수록 그의 사업 수완은 노련하고 유능해졌으며 곧 화해를 한 장인과 함께 투자를 해서 재산도 두 배로 늘렸다. 십여 년이 지난 후, 그의 아내 네트헨 슈트라핀스카 사이에서 십여 명의 자녀가 태어났으며, 후에 가족과 함께 골다흐로 이사를 해서 그곳의 유지가 되었다.

그러나 배은망덕해서인지 복수심 때문이었는지 모르지만, 젤트빌라에는 한 푼도 남기지 않았다고 한다.

고양이 슈피겔

동화

젤트빌라 사람들은 거래를 잘 못하거나 누구에게 이용을 당하면, 고양이에게 비계를 샀다는 표현을 쓴다. 이런 속담은 다른 지방에도 전해 오지만 젤트빌라에서 유독 많이 사용되는 건, 이곳에서 속담의 의미와 기원에 관한 이야기가 전해 오고 있어서 그런지 모른다.

아주 먼 옛날 젤트빌라에는 어떤 노파가 짙은 잿빛 털을 가진 고양이 한 마리와 살고 있었다. 노파와 함께 하는 이런 삶은 고양이에게 더없이 편안하고 만족스러웠으며, 누구든 자기를 건드리지만 않으면 어떤 성가신 일도 저지르지 않았다. 고양이가 하는 유일한 일은 사냥이었는데, 거기에는 이성적 판단과 상당한 절제가 필요했다. 그가 사냥에 이토록 집중하는 것은 자신에게 필요해서이기도 하지만 주인의 편안하고 깨끗한 삶에도 도움이 되는 일이므로, 앞뒤 가리지 않고 너무 잔인하게 물어뜯어서도 안 되었다. 그래서 집 안에 침범해 들어온 무례하고 끈질긴 쥐들만 잡았는데, 이런 쥐들도 워낙 민첩해서 그의 신경을 건드리는 교활한 녀석만 간혹 집 밖으로 쫓아가기도 했다. 이런 일 역시, 우유 냄비를 엎지른다거나 벽에 걸어 놓은 훈제고기를 뛰어넘지 않고 조용히 조심해서 처리하기만 한다면, 그리고 임무를 완수하고 잡은 쥐를 깨끗이 처리하기만 한다면, 집 안에 쥐를 들여 놓기 싫어하는 이웃집 주인들도 기꺼이 허락해 준다. 겁이 많거나 그렇다고 버릇이 나쁘지도 않은 고양이는 누구에게나 붙임성 있게 다가갔다. 사람을 두려워해 도망가지도 않았으며, 귀를 살짝 잡아당기더라도 할퀴거나 하지 않고 오히려 사람들이 그렇게 해 주는 걸 즐기는 편이었다. 그렇지만 덜 떨어진 짓은 성숙하지 못하거나 아무짝에도 쓸모 없는 어리석음에서 비롯된 것이므로, 혹 그런 사람들이나 최소한 마음에 들지 않는 사람이 괴롭히면 그냥 피해 가거나 손등을 세게 내리쳤다.

털이 매끈하고 반짝반짝 윤기가 흘러 거울이란 뜻의 슈피겔이란 이름을 가진 이 고양이는 하루하루를 그렇게 즐겁고 기분 좋게 지내며 아무런 부족함이 없는 안락한 삶을 살고 있었다. 포크의 음식을 낚아채기 위해 주인의 어깨에 올라가 앉는 일은 거의 없지만, 다만 주인의 기분이 좋을 때 놀이 삼아 가끔 하는 정도였다. 난로 뒤에 있는 따뜻한 쿠션에 누워 온 종일 자는 일도 드물었으며 늘 좁은 계단 난간이나 추녀의 물받이에 엎드려 사색적으로 세상을 관찰하는 일에 몰두하는 것을 더 좋아했다. 하지만 매년 봄과 가을에 한 번씩, 제비꽃이 만발하거나 늦여름의 무더위가 기승을 부릴 때면, 한 일주일 정도 이런 한적한 삶은 중단되었다. 그런 때가 되면 슈피겔은 멀리 떨어진 지붕 위로 이리저리 배회하면서 멋진 노래를 부르기도 하고 자기 방식대로 일에 몰두하게 된다. 마치 돈 후안처럼 밤낮으로 위태로운 모험을 즐기다가 간혹 집에 나타나기라도 하면, 방탕한 생활로 거칠고 덥수룩해진 모습에 평소 조용하고 정숙한 여주인은 까무러치듯 정색을 했다.

"맙소사! 슈피겔, 어딜 그렇게 떠돌아다니다 오는 거니?"

그러나 슈피겔은 전혀 개의치 않았다. 자연의 섭리에 따르는 어엿한 수컷으로서 자신에게 그런 기분전환이 허락된 것을 잘 알고 있다는 듯, 털의 윤기를 세우며 원래의 싱싱한 모습으로 되돌리는 일에 조용히 몰두했다. 그러고는 아무 일도 없었다는 듯이 축축한 앞발로 천연덕스럽게 코를 문지르는 것이다.

이처럼 한결같던 그의 생활은 어느 날 갑자기 비극으로 끝을 맺게 되었다. 슈피겔이 한창 왕성하게 활동할 전성기에 여주인이 노환으로 죽는 바람에 이 멋진 고양이는 졸지에 주인 없는 떠돌이 신세가 되어 버렸다. 그에게 닥친 첫 번째 불행이었다. 자신에게 일어난 너무나 큰 고통에 대한 불안을 한탄이라도 하듯 날카로운 울음소리를 내며 주인의 장례 행렬을 따라 길 밖에까지 나갔다가는 남은 온종일 어쩔 줄 몰라 하며 집안을 배회하거나 집 주위를 맴돌았다. 그러나 슈피겔은 그의 타고난 이성과 사고로 곧 정상을 되찾아, 늘 해 오던 대로 자신의 일상에 충실하고 주인이 남겨 준 유산과 집을 성실히 지키며 주어진 임무를 잘 수행하고 있었다. 쥐들을 완전히 제압하고, 더구나 정신이 온전

한 자들이라면 결코 어리석은 행동을 못 하게끔 여러 차례 선의의 경고도 해 놓곤 했다. 그러나 동네 사람들은 슈피겔에게 말할 기회를 주지 않았으며, 혹 슈피겔이 쳐다보기라도 하면 그의 머리에 슬리퍼나 발판을 집어던지곤 했다. 여드레 동안 그렇게 서로 다툰 끝에 결국 소송이 시작되고 판결이 날 때까지 당분간 집은 폐쇄시켜야 했기에 아무도 살지 못하게 된 것이다.

이제 가엾은 슈피겔은 집에서 쫓겨 나와 현관 앞 돌계단에 앉아 있어 보았지만 그를 집 안에 들여보내 주는 사람은 아무도 없었다. 밤이 되어 지붕을 통해 집 안으로 들어간 다음 온종일 숨어서 자신의 고통을 잠으로 쫓아 보려고 했다. 하지만 너무 배가 고픈 나머지 따스한 햇살이 있고 사람들이 있는 곳을 찾아 곧 밖으로 나갈 수밖에 없었다. 누군가 먹이를 주거나 도와 주는 일도 점점 드물어졌고 결국 슈피겔은 먹잇감에 온 신경을 기울이지 않을 수 없게 되어 갔다. 그 일에 몰두하느라 자신의 도덕성을 갖추는 것조차 포기하기에 이르렀고 얼마 되지 않아 예전의 사색적인 모습을 더 이상 찾아볼 수 없게 되었다. 먹을거리를 찾기 위해 수도 없이 집 밖으로 나가 조심스럽고 민첩하게 거리를 헤매고 다녀 보았지만, 예전에는 거들떠보지도 않았을 형편없는 먹을거리를 물고 오거나 그나마 아무 소득도 없이 돌아올 때가 많았다. 날이 갈수록 슈피겔의 모습은 여위어 갔으며 털은 덥수룩해졌다. 탐욕스럽게 기어 다니면서 비열해져 갔고 그의 모든 용기, 고양이로서의 우아한 품위와 이성, 사색적이던 모습은 모두 사라졌다. 아이들이 학교에서 돌아올 때쯤이면 길모퉁이로 몰래 숨어들었다가 오는 소리가 들리면 곧바로 빵 부스러기라도 던져 주지 않을까 기대하며 눈치를 보았다. 그리고 빵 부스러기가 어디에 떨어지는지 엿보기에 여념이 없었다. 한편 최악의 상대인 개가 멀리서 다가오면 잽싸게 달아났다. 예전에는 미리 위험을 냉정하게 감지하고 못된 개들을 용감하게 응징할 때가 많았었다. 비록 거칠고 무식해 보이더라도 사람이 다가올 때면, 평소 민첩하게 피해 다니던 슈피겔이었지만 이젠 가엾게도 그냥 조용히 앉아 있었다. 사람과 함께 살던 추억이 남아 있어 그런 무례한 인간을 잘 알고 있지만, 상황이 워낙 절박하다 보니 이 나쁜 인간이 어쩌다 한번 다정하게 쓰다듬어 주며 먹을 것이라도 하나 건네주지 않을까 하는 희망을 가지며 착각에 빠지기도 했다. 그런 기대에도 불구하고 혹 얻어맞거나 꼬리를 꼬집히는 일이 있지만 할퀴거나 하지 않았다. 오히려 조용히 한쪽으로 가서 웅크리고 앉아 자신을 때리고 꼬집었던 소시지나 청어 냄새가 풍기는 그 손을 갈망하듯 바라보곤 했다.

고상하고 영리했던 슈피겔이 그렇게 전락해 버린 어느 날, 수척하고 우울한 모습으로 돌 위에 앉아서 햇볕을 받으며 눈을 깜빡거리고 있었다. 그때 마침 이 동네의 마술사 피나이스 씨가 그 앞을 지나가고 있어, 슈피겔은 그 앞에서 조용히 올려보았다. 그가 얼마나 무시무시한 인간인지는 잘 알고 있었지만 혹 좋은 일이 있기를 기대하면서 얌전히 돌 위에 앉아서 무슨 행동이나 말을 걸어 주기를 기다렸다. 그러나 이 자가 다가와서는, "여보게, 고양이! 자네 지방 덩어리를 좀 팔지 않겠나?"라며 말을 거는 순간 그의 희망은 사라졌다. 마술사가 자신이 너무 말라서 놀린다고 생각했기 때문이었다. 그러나 기분이 상하지 않도록 웃으면서 공손히 대답했다.

"피나이스 씨, 농담도 잘 하시네요!"

"그럴 리가 있나! 진담이야. 마술에 쓸 고양이 지방이 따로 필요해서 그렇다네. 하지만 친애하는 고양이 친구들이 자발적으로 나와 계약을 맺어 주는 비계가 아니면 효력이 없다네. 자네야 말로 유리한 거래를 체결할 수 있는 용감한 고양이라는 생각이 드는군! 내 임무에 과감하게 도전해 보게. 훌륭한 먹을거리를 마음대로 먹을 수 있을 거야. 소시지와 구운 메추라기로 공처럼 통통하게 살이 찌개 해 주지. 게다가 우리 집의 까마득하게 높은 낡은 천장에는 훌륭한 먹잇감에다 흥미로운 것들과 구석진 곳이 많아 고양이에게는 세상에서 더할 나위 없는 최적의 장소라고 할 수 있지. 또한 햇살이 잘 드는 곳에는 에메랄드처럼 푸른 풀들이 무성하게 자라, 길고 아름다운 풀들이 바람에 흔들거리며 기꺼이 자네를 환영해 줄 거야. 내가 주는 맛있는 먹이들이 자네에게 약간 부담이 될 경우 아주 연한 잎들만 골라서 즐길 수 있겠지. 그렇게 되면 자네의 건강도 좋아지고 나는 언젠가 자네의 훌륭한 지방을 공급받을 수 있을 것 같은데!"

슈피겔은 귀를 쫑긋 세웠을 뿐 아니라, 입에는 벌써부터 군침이 돌고 있었다. 하지만 약해진 그의 이성에도 이해가 되지 않은 부분이 있어 다음과 같이 물었다.

"그리 나쁘지는 않을 것 같군요. 피나이스 씨! 하지만 제가 궁금한 것이 한 가지 있습니다. 당신에게 지방을 넘겨주고 제가 죽게 되면 저는 더 이상 존재하지 않는데, 약속한 보상을 제가 어떻게 손에 넣고 즐길 수 있나요?"

"보상을 손에 넣는다? 살찌우기 위해 내가 제공하는 넉넉하고 풍성한 먹을거리를 즐기는 가운데 자네는 이미 충분한 보상을 받는 셈이지, 당연한 일 아닌가! 여하튼 자네에게 이 거래를 강요할 마음은 없네."

피나이스는 포기하고 가려는 기색이었다. 그러자 슈피겔은 서둘러 걱정스럽게 말했다.

"적어도 제가 최대한 통통하게 살이 오를 때까지 적당한 기한을 보장해 주셔야 하는 것 아닌가요. 편안했던 시간들이 다하고, 아! 슬픈 시간이 다가오는 것을 미리 알고 있어 어느 날 갑자기 떠나지 않도록 말입니다!"

"물론 그래야겠지! 다음 보름달이 뜰 때까지는 편안하

게 즐기도록 해 주지. 하지만 더 이상 연장은 안 되네! 달이 기울면 애써 얻어 낸 비계의 효과가 줄어들 수 있기 때문이야."

고양이는 서둘러 승낙하고 마법사가 미리 준비해 갖고 다니던 계약서에, 지난 호시절이 남겨 준 생애 마지막 소유물이자 상징인 예리한 필체로 서명을 했다.

"그럼 점심시간에 맞춰 우리 집으로 오게! 점심은 정각 열두 시야. 잊지 말게!"

"여부가 있겠습니까! 저는 언제든지 준비가 되어 있습니다."

슈피겔은 이렇게 대답하고 나서 점심시간에 맞춰 정각에 피나이스 집에 나타났다. 그곳에서 최근 몇 달 동안 누려 보지 못했던 고양이로서 최고의 편안한 삶이 시작되었다. 그에게 제공되는 좋은 음식을 먹어치우고 원할 때마다 마법의 대가가 하는 마술을 구경하거나 지붕 위에서 산책을 하는 일 외에는 세상에 아무 할 일이 없었다. 이 집의 지붕은 슈바벤 지방 농부들이 삼관모라고 부르는 검은 빛의 커다란 군모軍帽 같이 생겼다. 변덕스럽고 술수를 잘 쓰는 머리를 가려 주기라도 하듯 마술도구와 수많은 세월의 때로 가득 찬 이 거대하고 음울한 온 집안을 덮어 주고 있었다. 피나이스 씨는 사람들의 병을 치료해 주고 빈대를 없애며, 이빨을 뽑아 주고 고리대금도 하는 등 시 정부에서는 돌보지 않고 있는 온갖 잡다한 일을 하는 만능인이었다. 고아나 과부들의 후견인 노릇도 하면서, 한가한 시간에는 깃털을 잘라 일 페니짜리 동전을 수십 개씩 만들기도 했고 아름답고 검은 잉크도 만들었다. 그는 또한 생강과 후추도 취급했으며 윤활유와 술, 버클이나 구두못도 취급했다. 교회 탑의 시계도 수리했고 매년 날씨를 기록해 놓은 달력과 농경 일정, 심지어 혈액 모형도까지도 제작했다. 밝은 낮 시간 동안에는 수천수만의 올바른 일을 하면서 적당히 돈을 벌었지만, 어둠 속에서는 개인적인 열정에 빠져 좋지 않은 일들을 하고 있었다. 혹 올바른 일들이라 하더라도 그의 손에서 벗어나기라도 할라치면 올챙이에 아주 작고 귀여운 꼬리를 매달듯이, 사전에 재빨리 불법의 꼬리를 매달아 놓곤 했다. 그 외에도 어려운 고비에는 폭풍우를 일으키거나 마녀들을 감독하고 입증된 마녀들을 화형에 처하는 등 그의 마술을 이용했다. 무슨 연구를 위한 실험이나 집안 살림에 필요한 것이 있을 때면, 이를테면 시의 규정집을 정리해서 깨끗이 기록해 놓고는 비밀리에 시험해 보고 그 영구성을 실증해 보는 등 직접 마술을 사용하기도 했다. 젤트빌라 사람들은 썩 내키지 않는 크고 작은 일들을 모두 해 줄 수 있는 그런 시민을 필요로 했기 때문에 그를 시의 마술사로 임명했고, 그 역시 노련한 기술로 수년 동안 꾸준히 밤낮없이 이 일에 헌신하고 있었다. 그래서 그의 집은 아래층에서 위층까지 온갖 종류의 물건들로 꽉 차 있었고, 슈피겔에게는 무엇이나 눈여겨보고 냄새를 맡아 보며 시간을 보낼 만한 흥밋거리가 많았다.

처음 며칠 동안은 먹을 것 외에는 다른 어떤 것에도 관심을 갖지 않았다. 피나이스가 그에게 건네주는 것은 잠시 기다릴 틈도 없이 모두 게걸스럽게 집어삼켰다. 과식을 해 더부룩해지면 지붕 위로 올라가 푸른 풀을 뜯어 먹었다. 이런 강렬한 식욕을 눈치 챈 마법사는 내심 흡족해 했고, 이런 식으로만 잘 먹어 준다면 금방 살이 찔 것이고 조금 더 현명하게 다룬다면 돈도 훨씬 적게 들 거란 생각을 했다.

그래서 슈피겔을 위해 방에다 어린 소나무가 있는 작은 숲을 만들고 돌과 이끼가 있는 작은 언덕이며 자그마한 호수도 하나 파 놓아 그럴듯한 자연경관을 만들어 놓았다. 작은 나무에는 종달새와 되새, 박새, 참새 등 계절에 맞게 맛있게 구워 놓은 새를 얹어 두어 슈피겔이 언제든 끌어 내려 먹을 수 있도록 갖추어 놓았다. 인공으로 만든 작은 산에는 쥐구멍을 파 놓고, 신경을 써서 밀가루로 살을 찌우고 내장을 들어낸 다음 부드러운 지방으로 채워 구운 맛있는 쥐들을 감추어 놓았다. 그중 몇 마리는 슈피겔이 쉽게 손으로 꺼낼 수 있게 해 두고 남은 다른 쥐들은 성취감을 높여 주기 위해 좀더 깊숙이 숨겨 놓았다. 슈피겔이 사냥을 모방한 이런 놀이를 즐길 수 있도록 실로 연결해 놓아 아주 조심스럽게 잡아당기기만 하면 되는 일이었다. 또한 피나이스는 슈피겔이 갈증을 해소하도록 작은 호수에다 매일 신선한 우유를 가득 채워 놓고, 고양이들이 생선을 좋아한다는 사실을 알고 있었기에, 때로는 구운 물고기들을 그 안에 띄워 놓았다. 이제 슈피겔은 그런 멋진 생활을 하면서 놀고 뒹굴거리며 생각이 나면 언제든지 원하는 것을 마음껏 먹고 마실 수 있었기 때문에 몸이 눈에 띄게 좋아졌다. 털에는 다시 윤기가 흐르고 반짝거렸으며 눈에도 생기가 돌았다. 한편 그와 동시에 정신도 그만큼 다시 집중력을 회복했기 때문에 예의도 잘 지켰다. 본능적인 탐욕심도 진정되었으며, 이제 우울한 경험을 해 보았기 때문에 예전보다 더 영리해졌다.

식욕도 줄어 들어 소화시킬 수 있을 정도만 먹었다. 동시에 이성적인 심오한 관찰력도 회복되어 사물을 제대로 파악하게 되었다. 어느 날 개똥지빠귀를 한 마리 나뭇가지에서 내려 가지고 와 신중하게 분해해 보고는, 새의 작은 위가 신선한 음식으로 가득 차서 공처럼 통통한 것을 알 수 있었다. 마치 엄마가 여행을 떠나는 아들의 작은 배낭에 채워 놓은 것처럼, 얌전하게 말려 있는 파란 풀이며 검고 흰 곡식 낟알들과 윤기가 흐르는 붉은 산딸기가 앙증맞고 빼곡하게 채워져 있었다. 슈피겔은 그 새를 천천히 뒤져 보다가 재미있게 채워진 작은 위가 발톱에 걸리자 어느 듯 깊은 회의에 빠져들기 시작했다. 평화롭게 삼킨 먹이를 제대로 한 번 소화시키지도 못하고 바로 삶을 마감해야 했던 가엾은 새의 운명이 그의 마음을 흔들어 놓았던 것이다.

"가엾은 녀석, 그렇게 열심히 서둘러서, 이 작은 주머니 가득 하루 일과를 다 마친 듯 채워 넣고는 무슨 이득을 얻은 거야! 이건 자유로운 숲에서 새잡이의 올가미로 그를 유인했던 붉은 산열매로군. 그래도 저대로는 삶의 질을 좀 더 개선하려고 열매를 먹은 것이겠지만, 나야말로 이 불행한 새를 먹으면서 죽음에 한 걸음 더 가까이 다가가는 셈이잖아! 결국은 이렇게 희생되기 마련인데 잠시 더 연명하기 위해 생명을 담보로 비참하고 비열한 계약을 체결해야 했단 말인가? 자발적으로 제 죽음을 부르는 고양이가 과연 온전한 존재일 수 있을까? 그때야 다른 아무런 생각도 하지 못했지만, 내가 다시 그런 경우에 처한다면 이 개똥지빠귀의 운명과 다를 게 뭐가 있겠어. 다른 어떤 이유도 없이 충분히 살이 찌는 즉시 나는 죽어야 하는 거지. 삶을 즐기고 생각이 많은 고양이에게는 얼마나 멋진 이유인가! 아, 이 올가미에서 빠져나올 길은 없을까!"

빠져나올 수 있는 방법을 여러 모로 골똘히 생각해 보았지만, 위기의 순간이 아직 도래하지 않았기 때문인지 분명히 떠오르는 것이 없었고 어떤 해결책도 찾지 못했다. 영리한 존재인 슈피겔은 무언가 결정될 때까지 언제나 자신을 위해 가장 훌륭한 터전이자 생활방식이 되어 주곤 했던 평상심을 되찾고 스스로 행하던 일에 몰두해 가기로 했다. 부지런히 자면서 살이 찌라고 피나이스가 준비해 둔 부드러운 쿠션을 슈피겔은 던져 버리고, 쉬고 싶을 때면 좁은 난간이나 높고 위험한 곳을 찾아갔다. 마찬가지로 구운 새와 지방을 끼워 넣은 쥐들도 물리치고 지붕에서 다시 균형을 잡는 일을 즐겼다. 살아 있는 참새나 곳간의 날쌘 쥐를 민첩하고 노련하게 사냥해야 할 정당한 이유가 이제 다시 생겼기 때문이다. 이런 노획물은 피나이스가 만들어 놓은 울타리 안의 구운 새들보다 훨씬 더 맛이 있기도 하거니와 먹어도 살이 찌지도 않았다. 되찾은 도덕성과 사고력에다 민첩하고 대담하게 움직이다 보니 빠르게 살이 찌는 일도 없어졌다. 이제 슈피겔은 건강하고 윤기가 넘쳐 갔지만, 쿠션에 누어서 움직이지도 않고 지방만 잔뜩 낀 살이 통통하게 오른 둔중한 고양이를 상상하고 있었던 피나이스로서는 정해 놓은 목표에 달해야 하는 비만의 정도가 오랫동안 그대로 머물러 있는 것이 참으로 이상하다는 생각이 들었다. 여기서부터 그의 마법의 효과는 잘 먹혀 들지 않았다. 당나귀를 기르면 당나귀가 되듯이, 여우를 기르면 결국 여우가 된다는 사실을 약삭빠른 마법사도 미처 생각지 못했던 것이다. 모든 창조물은 각자 타고난 특성을 지니며 성장하기 마련이기 때문이다. 피나이스는 슈피겔이 충분한 영양 섭취에도 불구하고 살은 찌지 않고 늘 일정한 수준으로 유연하고 활기찬 몸매를 유지하고 있는 이유를 알아채고는, 어느 날 저녁 갑자기 퉁명스럽게 물었다.

"슈피겔, 어떻게 된 건가? 내가 그렇게 정성과 공을 들여 준비하고 만들어 놓은 훌륭한 음식을 왜 안 먹는 거지? 나무에 걸쳐 놓은 구운 새는 왜 안 잡고, 동굴에 숨겨 놓은 맛있는 쥐들은 왜 안 찾는 건가? 호수에서 물고기 낚시는 안 하고, 왜 몸을 돌보지 않는 거야? 왜 쿠션에서 잠을 자지 않지? 왜 긴장을 하고 있지, 결국 내게 비계는 주지 않을 참인가?"

"아, 피나이스 씨! 이런 방식이 제게는 더 편한걸요! 얼마 남지 않은 기간 동안만이라도 제 마음대로 편하게 지내면 안 되나요?"

"뭐라고! 넌 살이 쪄서 통통해져야지, 무리하면 안 돼! 네가 무슨 생각을 하는지 잘 알고 있어! 나를 속이고 시간을 끌 셈인데, 언제까지나 이런 어중간한 상태에서 돌아다니게 놔 둘 줄 알아? 절대 그렇게는 안 되지! 먹고 마시면서 몸을 돌보고 뚱뚱하게 지방을 만드는 것은 자네의 의무야! 이런 교활하고 계약에 어긋나는 절제 행동을 바로 멈추지 않으면, 가만두지 않겠어!"

슈피겔은 자신의 생각을 주장하기 위해 시작했던 그르렁거리는 소리를 중단하고는 이렇게 말했다.

"계약서대로 제가 절제와 건강한 행동을 포기해야 한다면 할 말이 없습니다! 마법사님께서 제가 게으른 미식가가 되기를 바라셨다면 그건 제 잘못이 아니죠! 마법사님이 매일 온갖 올바른 일을 하는 데 필요하신 것이라면 우리 둘 사이의 계약관계도 신사적으로 되어야지요. 정상적으로 자란 제 지방만 효과가 있다는 사실은 마법사님께서도 잘 아실 겁니다!"

피나이스는 분노해 소리쳤다.

“이 허풍쟁이! 네가 나를 가르칠 셈인가? 그럼 어느 정도 자랐는지 보여라, 이 건달 같은 놈! 곧 네 놈을 처치할 수 있는지 한번 보자!”

그는 고양이의 배를 움켜잡았다. 그러자 슈피겔은 간지럽고 기분이 불쾌해져서 마법사의 손등을 예리한 발톱으로 할퀴어 버렸다. 피나이스는 긁힌 자국을 자세히 살펴보다가 이렇게 말했다.

“이 야비한 놈, 싸우자는 거야? 좋다, 계약서의 규정대로 지방이 이 정도면 충분하다고 엄숙히 네게 선고한다! 그 정도면 만족스러운 결과를 확인할 수 있겠지! 닷새가 되면 보름이니 그때까지 계약서대로 네 인생을 즐길 수 있다, 하지만 단 일 분도 더 연장할 수 없어!”

이렇게 생각할 말미를 남기고 마법사는 돌아가 버렸다.

이런저런 생각에 슈피겔은 걱정스럽고 우울해졌다. 이제 가죽을 벗겨 주어야 할 시간이 다 되었다는 것인가? 아무리 머리를 굴려 보아도 소용이 없단 말인가? 한숨을 쉬면서 지붕 꼭대기로 올라갔다. 아름다운 가을 저녁 하늘로 우뚝 솟은 용마루에 도시 위로 떠오른 달빛이 이끼가 낀 낡은 지붕 위에 드리워질 즈음, 사랑스러운 노랫소리가 슈피겔의 귀에 울려 퍼지더니 새하얀 암고양이 한 마리가 이웃 지붕 용마루 위로 건너가고 있었다. 그 순간 슈피겔은 죽음이 얼마 남지 않은 자신의 처지를 잊어버리고, 수고양이답게 아주 멋진 노래로 아름다운 여인이 부른 사랑의 찬가에 답을 했다. 급히 암고양이에게 달려가서는 세 마리의 수고양이와 치열한 격투 끝에 그들을 용감무쌍하게 물리쳤다. 그러고는 헌신적으로 열정적인 구애를 하며 온종일 함께 시간을 보냈다. 피나이스를 생각하거나 집 안을 둘러보는 일도 없었다. 아름다운 달밤 내내 나이팅게일처럼 멋진 노래를 부르며 하얀 털의 연인을 따라 지붕 위나 정원 사이를 누비며 쫓아다녔다. 격정적인 사랑의 노래를 부르거나 높은 지붕 위에서 연적들과 싸우다가 길 위로 떨어지기도 했지만, 혼신의 힘을 다해 털고 일어나서는 다시 열정적인 사랑의 추격을 시작하곤 했다. 고요하고 시끌벅적한 시간, 달콤한 사랑의 감정과 분노에 찬 싸움, 애교 넘치는 대화, 재치 있는 담소, 사랑과 질투의 간계와 장난, 애무와 싸움, 행복의 힘과 불행의 고통, 사랑에 빠진 슈피겔은 이런 일에 온통 혼이 빠져 있었다. 어느덧 달이 꽉 찬 보름달이 되어서야 이런 모든 흥분과 열정에서 벗어나게 되었다. 그는 전보다 더 마르고 수척해졌으며 덥수룩해졌다. 바로 그때 어느 옥탑 방으로부터 피나이스가 부르는 소리가 들렸다. "슈피겔! 슈피겔! 어디 있니? 집으로 좀 오너라!"

암고양이는 만족스러운 듯 상쾌한 울음소리를 내며 제 갈 길을 갔고, 여자친구와 헤어진 슈피겔은 당당하게 자신의 사형집행인에게로 향했다. 마법사는 부엌으로 내려가 계약서를 부스럭거리며 말했다.

"슈피겔, 얼른 오너라. 슈피겔!"

슈피겔은 마법사를 뒤따라가서는 바싹 마른 형편없는 몰골로 마법사 앞에 당당하게 버티고 앉았다. 자신이 얼마나 굴욕적인 패배를 당했는지 보는 순간 피나이스는 미친 사람처럼 펄쩍 뛰면서 분노했다.

"아니 이게 뭐야? 이 사기꾼 같은 놈, 파렴치한 도둑놈 같으니라고! 너 도대체 무슨 짓을 한 거냐?"

분노에 찬 그는 정신없이 빗자루를 집어 들고 슈피겔을 내려치려고 했다. 하지만 슈피겔은 검은 등을 구부리며 머리털을 곤두세웠다. 그 위로 희미한 빛이 번쩍거렸다. 귀를 뒤로 바짝 눕히고 숨을 거칠게 몰아쉬면서 늙은 마법사를 번득이는 눈초리로 무섭게 노려보자, 이 늙은이는 두려움과 놀라움에 뒷걸음을 쳤다. 노인은 자신보다 한 수 위의 마법을 부릴지도 모른다는 생각에 두려운 마음이 들기 시작했다. 그래서 작은 목소리로 불안하게 물었다. "슈피겔 씨, 당신은 혹시 장인이 아니신가요? 마음대로 변신하는 학식 있는 마법의 대가가 아니신지요? 몸을 원하는 대로 조절해서 너무 많지도 너무 적지도 않게 정확히 편안한 상태에 머물 수 있거나, 아니면 그렇게 해골처럼 되어서도 죽음에 이르지 않을 수 있는 대가가 아닌가요?"

슈피겔은 마음을 진정시킨 뒤 진지하게 대답했다.

"아니오, 내가 이렇게 바짝 말라 버려 당신이 필요한 지방이 없어진 건 달콤한 사랑의 열정을 쏟은 결과일 뿐, 난 마법사가 아니오! 어쨌든 이 자리에서 당장 계약을 시행하려 든다면 앞뒤 가릴 것 없이 당신을 물어뜯어 놓을 작정이오. 난 지금 몹시 배가 고프고 지쳐 있으니 제대로 구운 커다란 소시지나 좀 내놓으시지요!"

분노한 피나이스는 슈피겔의 목덜미를 움켜잡고 비어 있는 거위 우리에 가두고서는 소리쳤다.

"네 그 달콤한 사랑의 힘이 다시 널 구해 줄지, 마법과 정당한 계약의 힘보다 강한지 어디 두고 보자! 이제 너는 선택의 여지가 없어!"

피나이스는 즉석에서 식욕을 강하게 자극하는 맛있는 냄새가 풍기는 긴 소시지를 구워 양쪽 가장자리를 약간 뜯어 맛을 보는 시늉을 하면서 창살 사이로 밀어 넣었다.

슈피겔은 구운 소시지를 처음부터 끝까지 하나도 남기지 않고 먹어 치웠다. 그리고 기분 좋게 수염을 닦고 털을 핥으며 혼잣말로 중얼거렸다.

"사랑이란 정말 대단한 거야! 이번에도 나를 덫에서 구해 주었군. 이제 좀 쉬면서 영양 보충도 하고 다시 이성적인 사고력을 슬슬 길러야겠군. 무슨 일이나 때가 있는 법이지! 오늘은 좀 열정적으로, 그리고 내일은 좀 조용히 쉬며 여유를 가져 보는 거야, 그러기에는 뭐 이렇게 갇혀 지내는 것도 그리 나쁘진 않군!"

그렇지만 피나이스는 매일같이 온갖 머리를 짜내어, 우

리에 갇힌 슈피겔이 도저히 거부할 수 없을 만큼 구미가 당기는 맛있는 먹을거리를 준비해 주어야 했다. 피나이스가 정당한 방법으로 확보해 놓은, 고양이 스스로 제공한 비계가 매일 줄어들어 머지않아 바닥이 날 지경이었고, 이런 비계가 없으면 마법사는 심한 타격을 받을 수밖에 없었다. 그렇기 때문에 슈피겔의 몸뿐 아니라 그의 정신에도 계속 영양을 공급해 줄 수밖에 없는 이런 난처한 입장에서 완전히 벗어날 수 없다는 점이 그의 마법이 가진 취약점인 것이다.

우리에 갇힌 슈피겔이 드디어 충분히 살이 쪘다고 생각하자 그는 더 이상 지체하지 않고 바로 슈피겔 코앞에다 오랫동안 고대했던 지방을 얻기 위한 만반의 준비를 해 놓고는 난로에 불을 환하게 지폈다. 커다란 칼을 갈고 부엌문을 잘 잠근 다음 우리를 열고 슈피겔을 끌어내고는 기분 좋게 말했다.

"이 지독한 놈, 이리 와! 우선 네 머리부터 자르고 가죽을 벗겨내야겠지! 네 가죽으로는 따뜻한 겨울 모자를 만들면 좋겠군, 미처 생각을 못 했는데 말이야! 아니면 먼저 네 가죽을 벗기고 난 뒤 머리를 잘라 줄까?"

"아니오, 괜찮으시다면,"

슈피겔은 얌전하게 말했다.

"머리부터 먼저 잘라 주시지요!"

"암, 그도 그렇겠군, 이 불쌍한 녀석! 쓸데없이 네게 고통을 줄 필요야 있겠나! 그럼 그렇고말고!"

"진심입니다!"

가련하게 한숨을 쉬던 슈피겔은 체념한 채 머리를 옆으로 누이며 말했다.

"아, 진즉에 그 일을 해 놓았더라면, 그런 중요한 문제를 경솔하게 그냥 내버려 두지만 않았더라도, 지금 다소나마 편안한 마음으로 기꺼이 죽을 수 있을 텐데. 단 한 가지 잘못한 일이 나를 이토록 힘들게 하는구나. 이런 나의 삶에서 얻은 것이란 도대체 무엇이지? 두려움, 근심 걱정과 헐벗음, 거기에 잔잔히 전해 오는 두려움의 전율보다 더 심각하게 시시각각 폭풍처럼 몰려오는 온몸을 불사르는 이 열정!"

"아니, 잘못된 일이라니, 또 뭐가 그리 중요한 일이란 말인가?"

궁금해진 피나이스는 물었다.

"지금 말해야 무슨 소용이 있겠어요."

슈피겔이 한숨을 쉬며 대답했다.

"이미 엎질러진 물인 걸, 지금 후회해 봐야 무슨 소용이 있겠어요!"

"이 교활한 놈 보게, 네가 무슨 죄인이라는 거야? 네가 어떻게 순순히 죽음을 받아들일 수 있지? 어쨌든 네가 무슨 일을 저질렀다는 의미 아니야? 나한테서 뭘 훔쳤거나 빼돌려 망가트리기라도 했다는 거냐? 아니면 내가 전혀 모르는 감히 상상도 할 수 없는 천인공노할 못된 일이라도 저질렀다는 거야? 이 악마 같은 놈. 어쨌든 흥미로운 이야기일 것 같은데! 좋아, 어디 한번 들어나 보지! 당장 고백해, 안 그러면 네 놈을 비틀어서 산 채로 삶아 버릴 테다. 이래도 말 안 할 거야?"

"아, 그런 게 아니에요! 당신께 잘못한 일은 없어요! 고인이 된 저의 여주인님이 남긴 금화 만 냥 때문에 그렇습니다. 지금 와서 말해 본들 그게 무슨 소용이람. 그래도 나리를 보니 혹 지금이라도 너무 늦지 않았을지 모른다는 생각이 들어서요. 자세히 보니 나리도 한창 젊은 시절에는 꽤나 건장하고 멋진 분이었겠는데요. 그렇지 않습니까, 피나이스 씨! 결혼하실 마음은 전혀 없으셨습니까, 서로 믿고 의지하면 도움이 되었을 텐데요! 아니, 내가 도대체 무슨 쓸데없는 소리를 지껄이는 거지! 이토록 지혜롭고 재주가 많으신 분이 그런 한가한 생각을 하실 리 없지! 중요한 업무로 바쁜 분께서 어떻게 그리 어리석게도 여자 생각이나 하고 있겠어! 하지만 아무리 나쁜 여자라도 원래 남자에게 쓸모가 있는 법이지, 그건 부인할 수 없는 사실이야! 하물며 정말 훌륭한 여자라면, 이를테면 하얀 피부에 매사 신중하고 싹싹하며 성실하고 알뜰해 집안 살림도 잘할 뿐 아니라 남편을 지극정성으로 받드는 건 물론이고 조신하고 상냥한 행동거지에 애교도 만점이라면야! 입술에 키스도 해 주고 수염도 쓰다듬어 주며 포옹을 해 주거나 원할 때마다 귀 뒤를 어루만져 주기도 하겠지. 간단히 말해 여자들이란 버릴 것 하나 없는 수천 가지 일들을 할 수 있는 재주꾼이거든. 남편의 기분에 따라 아주 가까이 다가오는가 하면, 겸손하게 멀찍이 거리를 둘 줄도 알 테지. 남편이 일에 몰두하면 방해는커녕 오히려 집 밖에 나가 남편의 칭찬을 늘어놓으며 온 동네를 돌아다닐 테지. 여자란 남편에게 전혀 부담을 주지 않으면서 명성을 날리게 해 준단 말이야! 하지만 무엇보다 사랑스러운 것은 자연이 가장 다양하게 창조한 생물 중 하나로, 우리 같은 입장에서 보면 인간의 모습을 한 아름답고 부드러운 몸매이거든. 너무 다양해서 행복한 결혼생활에 끊임없이 경이로움을 주며 온갖 노련한 마법을 간직하고 있으니 말이야! 도대체 내가 죽음의 문턱에서 바보처럼 무슨 소리를 지껄이고 있는 거야! 지혜로운 남자라면 어떻게 그런 허영심에 관심을 두겠어! 용서하십시오, 피나이스 씨, 어서 제 머리를 치십시오!"

그러자 피나이스가 다급히 물었다.

"이 수다스런 녀석, 이제 다 털어 놓은 거냐! 그래 어디 말해 봐, 어디에 금화 만 냥을 가진 그런 여자가 있단 말이냐?"

"금화 만 냥 말인가요?"

"그래, 자네가 방금 말하지 않았나?"

피나이스는 안달이 나서 큰 소리로 말했다.

"아니, 그건 여자와는 별개의 문제죠! 어딘가에 묻어 놓았으니까요!"

"그럼 어떻게 되는 거야, 만 냥은 누구 것인가?"

"누구의 것도 아니지요. 그 돈은 제가 보관했어야 했던 것이니 말하자면 제가 맘먹기에 달린 셈이죠! 원래 그 돈은 제가 방금 설명한 그런 여자와 결혼하는 사람이 차지하는 거겠지만, 어디 이런 타락한 도시에서 그런 세 가지를 어떻게 한꺼번에 구할 수 있겠습니까, 금화 만 냥에 현명하고 아름답고 착한 여자와 현명하고 정직한 남자를? 그러고 보면 제 죄가 그리 큰 것도 아닌 셈입니다. 이 불쌍한 고양이에게 그 과제는 애당초 너무 무리였던 거죠!"

"네가 지금 나 몰라라 하고 있는 그 문제를 순서대로 차근차근 이해할 수 있게 설명하지 않는다면, 당장 네 꼬리와 양쪽 귀를 잘라 버릴 테다! 어서 시작해!"

급기야 피나이스는 언성을 높였다.

"비록 이렇게 시간을 끄는 동안 제 고통이 더욱 커지기는 하겠지만, 분부대로 그 문제에 대해 말씀드려야겠군요!"

슈피겔은 마지못해 말하는 척하면서 뒷발로 태연하게 앉았다. 호기심이 발동한 피나이스는 날카로운 칼을 자신과 슈피겔 사이 마룻바닥에 꽂아 놓고는 작은 통 위에 앉아 귀를 기울였고 슈피겔은 설명을 계속했다.

"피나이스 씨, 아시다시피, 용감한 분이었던 제 주인님은 결혼도 하지 않고 홀로 지내다가 돌아가셨습니다. 아주 고요한 성품에 선량한 일을 많이 하셔서 생전에 그분을 싫어하는 사람이 없었습니다. 하지만 항상 한적하고 조용한 생활을 했던 것은 아닙니다. 결코 나쁜 성격은 아니었지만 한때는 고통과 불행으로 고생도 많이 하셨죠. 젊었을 때는 아름다운 미모로 주변에 소문이 자자했기에 그 지역 젊은이와 멋쟁이들이나 오가던 나그네들도 그녀를 보면 곧 사랑에 빠져 모두들 결혼하고 싶어 했답니다. 그렇게 해서 그녀는 결혼에 관심을 갖게 되어 멋있고 착실하면서 현명한 남자를 남편으로 맞이하려 했지요. 고향 사람들과 타향 사람들이 그녀를 차지하기 위해 싸움을 벌였고, 우선권을 얻기 위해 서로 칼로 찌르는 일도 자주 일어났기 때문에 어떻게든 결심을 해야 할 입장이 되었습니다. 그녀에게 구혼을 하기 위해 모인 청혼자들은 각양각색이었습니다. 대담한 사람도 있었고 소심한 사람도 있었으며, 교활한 사람이 있는가 하면 성실한 사람도 있었으며, 부자와 가난한 사람도 있었을 뿐 아니라, 돈을 잘 버는 훌륭한 직업을 가진 사람도 있었고 기사처럼 연금으로 품위 있는 생활을 하는 사람도 있었지요. 이 사람은 이런 장점이 저 사람은 저런 장점이 있었고, 달변인 사람이 있는가 하면 말이 없는 사람도 있었죠. 어떤 사람은 활기차고 친절해 보이고, 어떤 사람은 약간 단순해 보였지만 뭔가 들어 있는 사람 같기도 했습니다. 간단히 말해 혼기에 찬 여인이 바랄 수 있는 완벽한 선택권을 가지고 있었죠. 하지만 부인은 아름다운 미모 외에도 금화가 수 천 냥에 달하는 막대한 재산까지 가지고 있었는데 바로 그 금화가 문제였습니다. 부인은 용의주도하고 현명하게 재산을 잘 관리했을 뿐 아니라 이를 아주 중요하게 생각했기 때문에 남편감을 선택해 결혼하기가 어려웠죠. 인간은 항상 자신의 성향에 따라 다른 사람을 판단하는데 부인도 그랬습니다. 존경할 만한 구혼자가 나타나서 그녀의 마음에 들면 곧 이 사람이 재산을 노리고 구혼하는 것이 아닐까 의심을 하는 겁니다. 부유한 남자가 나타나면 그녀가 부자가 아니었더라면 그 남자도 그녀에게 구혼을 하지 않을 거라고 생각했고 재산이 없는 사람이라면 그들이 금화에만 관심이 있고 그 때문에 관심을 보이는 거라고 확실히 단정해 버렸죠. 가엾은 부인은, 그렇게 많은 재산을 가지고 있었지만, 자신에 대한 구혼자들의 진정한 사랑과, 돈과 재산을 노리는 사랑을 구분할 수 없었습니다. 혹 부인이 이런 사랑을 헤아리거나 또는 양해할 수도 있었겠지요. 이미 여러 차례 부인은 사랑에 빠진 적도 있었고 그녀의 심장을 강하게 뛰게 하는 경우도 있었습니다만, 그러다 갑자기 어떤 이유를 들어, 자신이 배반당했으며 사람들이 자신의 재산만 노린다고 생각했죠. 그리고 망설이지 않고 결별을 선언했으며 몹시 괴로워하다가 결국 냉정하게 되돌아오곤 했습니다. 그녀의 마음에 들지 않는 사람들은 모두 수단 방법을 가리지 않고 시험을 해 보았죠. 그래서 함정에 빠지지 않으려면 상당한 노련함이 필요했습니다. 철저히 교활하고 사기꾼 기질이 있는 사람이 아니면 결국 일말의 희망을 가져 볼 수도 없었죠. 이런 이유들로 해서 실제로 결혼 상대를 선택하기가 어려워졌죠. 교활하고 능숙하면 할수록 그런 사람들은 결국 무서운 불안감을 안겨 주었고 아름다운 부인에게 고통스러운 의혹만 남겨 주었기 때문입니다. 온종일 많은 돈을 쓰게 하거나 풍성한 선물을 사게 하고 자선을 베풀도록 유도하는 등, 구혼자들의 고상함을 시험해 보는 것이 그녀의 주요 방법이었죠. 하지만 그들은 자신들이 하고 싶은 대로 했을 뿐, 제대로 해낸 사람은 없었습니다. 그들은 관대하거나 헌신적인 면모를 보여 주었으며, 화려한 파티를 열거나 선물공세를 퍼붓기도 했습니다. 때로는 가난한 사람들을 위해 많은 돈을 기부하기도 했죠. 그러면 곧 이렇게 말하는 겁니다. 지렁이로 연어를 잡기 위해 모두 이러는 거야, 아니면 사람들이 흔히 말하듯이 보리밥풀로 잉어를 낚으려는 속셈이지. 그러고는 선물과 기부받은 돈을 수도원이나 재단에 넘겨 주거나 가난한 사람들에게 음식으로 나누어 주었죠. 하지만 청혼자들이 실망스러울 경우 모두 매정하게 뿌리쳤습니다. 이들이 머뭇거리거나 인색하게 굴면 심하게 비난을 했고, 이를 아주 심각하게 받아들여, 남을 전혀 배려할 줄 모르는 비열하고 노골적인 이기심이라고 비난했습니다. 그렇게 해서 그녀에게만 헌신하는 순수한 마음의 남자를 찾으려 했던 것이 결국 가식적이고 교활하며 이기적인 구혼자들에게 둘러싸이는 지경에 이르렀고, 이런 일들로 인해 부인은 결코 현명한 선택을 하지 못했으며 나중에는 비참한 인생을 맞이하게 되었습니다. 어느 날 너무 울적하고 절망적인 마음에 집 안을 모두 정리해 버리고, 백모가 살고 있는 밀라노로 여행을 떠났습니다. 작은 나귀를 타고 성 고트하르트 고개를 넘어갈 즈음 그녀의 마음은 깊은 계곡에서 솟아오른 거친 바위처럼 어둡고 두려웠죠. 악마의 다리에서 로이스*의 넘치는 강물 위로 몸을 던지려는 유혹에 사로잡히기도 했습니다. 어렵사리 전에 부인이 데리고 있던, 물론 저도 알고 있는 두 명의 하녀와 연락이 닿을 수 있었습니다만 이들은 이미 오래전에 죽은 뒤였습니다. 그러고는 어느 길 안내자와 연락이 닿게 되었는데 그는 부인을 진정시키고 어두운 심경의 변화에서 벗어나도록 해 줄 수 있었습니다. 부인은 창백하고 우울한 상태에서 아름다운 이탈리아에 도착했죠. 그러나 그곳의 푸르른 하늘도 그녀의 어두운 마음을 밝혀 주지 못했습니다.

---

* 스위스에 있는 강 이름.

백모의 집에서 며칠 머물고 있는 동안, 뜻밖에 어떤 낯선 멜로디가 울려 퍼지는 가운데 그녀의 마음에도 지금까지 모르고 살았던 봄날이 시작되게 됩니다. 한 이탈리아 청년이 백모가 사는 집을 찾아왔는데, 그 젊은이는 부인을 보는 순간 첫눈에 반해 버린 것입니다. 부인도 처음으로 자연스럽게 사랑에 빠졌죠. 훌륭한 교육을 받고 예의도 바른 멋진 청년이었습니다. 당시에는 부자는 아니었지만 그렇다고 가난하지도 않았죠. 돌아가신 부모로부터 물려받은 만 굴덴이 전부였으니까요. 상업 기술을 익혔던 젊은이는 그 돈으로 밀라노에 비단을 거래하는 상점을 세우려고 했죠. 사리에 밝고 진취적인 사고방식을 지닌 데다 솔직하고 때 묻지 않은 사람들이 종종 그렇듯이 손재주도 많았습니다. 이런 청년이었기 때문에 그는 마치 어린아이처럼 순수하고 악의가 없어 보였으며 학식도 많았죠. 상인이었지만 타고난 자유분방한 성격에, 두 가지를 함께 갖추기 쉽지 않은 귀하고 드문 경우였지만, 그는 확고하고 용감한 기사다운 면모도 갖추어, 숙련된 전사들만 차고 다닐 수 있는 검을 당돌하게 옆에 차고 다녔습니다. 그의 신선하고 아름다운 젊음처럼 이 모든 것은 부인의 마음을 끌어서 더 이상 자제를 할 수 없었고 즐거운 마음으로 기꺼이 그를 만나게 했습니다. 다시 명랑한 예전의 모습으로 돌아왔죠. 그동안 우울할 때도 있었지만, 이는 예전에 수많은 청혼자들 중에 선택해야 했던 고통스럽고 당황스러웠던 사랑의 두려움과 희망이 엇갈리는 심정에서 비롯된 것이라기보다는 편안하고 고상한 감정에서 우러나오는 희망과 사랑의 두려움이었죠. 이제 부인은 다른 여인들처럼 아름답고 훌륭한 젊은이의 마음에 들려는 노력과 걱정만 할 뿐이었습니다. 자신의 모습이 아름다우면 아름다울수록 더욱더 겸허하고 불안해졌습니다. 처음으로 진정한 호감을 느꼈기 때문이죠. 젊은 상인 역시 그렇게 아름다운 여인을 본 적이 없었으며, 적어도 그렇게 가까이서 다정하고 순종적인 모습으로 다가온 사람이 없었습니다. 이미 말했듯이 부인은 아름다울 뿐 아니라 마음씨도 착하고 행동도 단정했기 때문에 솔직하고 순진한 마음을 지닌 개방적이고 쾌활한 젊은이 역시 사랑에 빠지게 된 것은 당연한 일이죠. 그는 선천적으로 가식이 없고 박력이 있는 사람이었습니다. 하지만 그런 소탈한 젊은이가 부인의 다정다감함에 흥분되지 않았다면 아무도 믿지 못하겠지요. 가식이라고는 몰랐던 그는 내심 떨리고 두려운 마음으로 부인의 다정함을 자신의 사랑에 대한 대답으로 여겼지만, 몇 주 동안 감정을 억누르고 드러내지 않으려고 했죠. 그러나 멀리서도 그가 깊은 사랑에 빠졌다는 사실을 누구나 눈치 챌 수 있었습니다. 부인 가까이 다가가거나 부인이 부르기만 해도 그가 누구와 사랑에 빠졌는지 금방 알 수 있었죠. 그는 오랫동안 흠모만 하지는 않았고 젊은이다운 패기로 진정한 사랑을 하기 시작했습니다. 그에게 부인은 세상에서 가장 아름답고 훌륭한 여인이었으며, 언제나 그의 영원한 구세주이자 소중한 보물이었죠. 그녀에게는 엄청난 기쁨이었죠. 그가 말하고 행동하는 모든 것에는 지금까지 경험하지 못한 다른 신선한 면이 있었기 때문에 부인은 더욱 강력하고 깊은 감동을 받았고 그만큼 강렬한 사랑을 느끼게 되었습니다. 이제는 선택이라는 말조차 필요 없었죠. 주위의 사람들은 두 사람의 이야기를 즐겨 했으며 공개적으로 드러내 놓고 이야기하거나 또 몇 배로 부풀려 과장하기도 했죠. 이런 이야기들은 부인에게 매우 기분 좋게 들렸으며 동시에 그녀의 마음도 불안한 기대로 터질 것 같았죠. 하지만 맘껏 즐기고 만끽하기 위해 꾸며진 이야기들은 소설처럼 약간 뒤엉키기도 했습니다. 당황한 젊은이가 재미있고 유치한 행동을 하고 말았기 때문이죠. 이런 행동을 한 번도 경험하지 못한 부인에게는 다른 어떤 것보다 즐겁고 편안했습니다만, 워낙 올곧고 성실한 젊은이는 더 이상 참을 수가 없었습니다. 모두들 그에 대해 넌지시 비꼬며 더구나 농담까지 했기 때문에 웃음거리가 된 기분이었지요. 웃음거리의 대상이 된 그에게 사랑하는 연인은 이루 말할 수 없이 훌륭하고 신성한 존재였습니다만, 정작 당사자인 부인이 전혀 개의치 않자 오히려 젊은이 쪽에서 걱정스럽고 당황하게 되었죠. 또한 그녀의 속마음도 모른 채, 그녀에 대한 열정을 오랫동안 드러내지 않고 끊임없이 혼자 생각하다 보니 모욕감을 느끼고 속는 기분이 들었습니다. 그리고 이는 결코 온당하지 않으며 그 자신에게도 좋을 리 없다는 생각이 들었지요! 그래서 어느 날 아침, 사람들은 멀리서도 그가 뭘 하려는지 눈치로도 알게 되었습니다만, 설사 자신에게 불행한 일이 벌어진다 하더라도 결코 두 번 다시 반복하지 않겠노라고 다짐하며 부인에게 몇 마디로 사랑을 고백했습니다. 그러나 그토록 아름답고 훌륭한 여인이 진심을 이야기해 주지 않고 곧바로 네 또는 아니오라는 결정적인 대답을 하지 않는 것이 그에게는 익숙하지 않았습니다. 또한 격정적인 사랑에 빠진 만큼 여린 마음에다 어린아이처럼 금방 터질 것 같은 심정이기도 했으며, 솔직한 만큼 자부심도 강하다 보니 그에게서 네 또는 아니오의 대답은 생사를 좌우하는 중대한 문제였죠. 하지만 부인은 그렇게 기다리던 고백을 듣는 순간 예전의 의심이 다시 일기 시작했고, 불행하게도 자신이 사랑하는 연인은 상인이며 사업을 확장하기 위해 결국 재산을 요구할 것이라는 생각이 문득 들었습니다. 또한 그가 사랑한 것도 한 여자를 향한 것이 아닐지 모른다는 생각이 드는 것이었습니다. 금화에 비하면 자신은 바람직한 덤에 불과하다는 생각이 들자 더욱 분한 생각이 들었습니다. 이 청년의 사랑에 대한 자신의 반감을 드러내거나 혹은 그를 편안히 받아들이는 답 대신, 즉석에서 헌신적인 사랑을 시험해 보기 위한 묘안을 떠올리고는,

옛날 고향의 젊은 청년과 진심으로 사랑했던 적이 있었던 것처럼 자기 나름으로 매우 진지하게 거의 슬픈 표정을 지으며 이야기를 꾸몄습니다. 부인은, 자신의 태도에서 이미 알고 있었겠지만, 자기는 그를, 그 젊은 상인을 말하자면 친구로서 매우 사랑한다고 몇 번이나 말하고 싶었으며 친오빠처럼 신뢰한다고 했죠. 하지만 우리 사회에서 흔히 볼 수 있는 이런 어설픈 농담은 가식 없는 진실된 대화에는 오히려 방해가 될 뿐이었죠. 그도 이제는 대담하고 품위 있게 부인을 놀라게 하려는 마음에 그녀와 똑같은 행동을 하게 되었습니다. 부인은 자신이 이 남자에게 속마음을 드러내 놓지 않았던 것처럼 그에게서도 어떤 진실된 마음을 읽을 수가 없었죠.

여하튼, 부인은 예전에 사랑한 적이 있었던 그 사람에게만 자신의 마음이 기운다고 했으며, 자신의 마음이 다른 남성에게 돌아서는 일은 결코 있을 수 없는 일이라고 했지요. 이는 그녀의 영혼 깊숙이 타오르는 황금 불꽃과 같으며, 그 사람이 그녀에게 얼마나 소중한 존재인지 표현할 수도 없다고 했죠. 하지만 슬프게도 그녀에게 불행한 일이

닥쳤습니다. 신랑 될 사람은 상인이었지만 지독하게 가난했습니다. 그래서 그들은 신부의 재산으로 사업을 시작하기로 계획을 세웠습니다. 그렇게 시작된 사업은 처음엔 모든 것이 아주 잘 진행되었죠. 이 무렵 결혼식도 올릴 예정이었지만, 그때 예기치 못한 불행한 일이 벌어진 것이었습니다. 갑자기 그녀가 전 재산을 영원히 잃어버릴지 모르는 위험에 처했다는 겁니다. 불쌍한 신랑은 얼마 안 있어 밀라노와 베네치아 상인들에게 첫 대금을 지불해야 하는 상황이었고, 그녀의 전 재산을 모두 잃어버리고 파산지경에 놓이게 되었죠. 그의 전 신용과 부, 그리고 명예가 달린 문제이기도 했지만, 둘의 결합과 행복한 결혼이 바로 눈앞에서 사라질 위기에 처했으니 그 심정은 이루 말할 수도 없었겠지요! 돈을 구하기 위해 그녀는 급히 부유한 친척이 사는 밀라노로 갔지만 상황은 좋지 않았죠. 날짜는 점점 다가오는데 해결책은 보이지 않았습니다. 그녀는 사랑하는 사람을 돕지 못하면 너무 슬퍼 죽을 것 같았죠. 그 사람은 이 세상에서 가장 사랑스럽고 훌륭한 사람으로, 그를 도울 수만 있다면 분명히 대상인이 될 훌륭한 사람이며, 이 세상에서 그의 아내가 되는 것보다 더 큰 행복은 없을 것이라고 했죠! 부인이 이런 이야기를 끝마치자 가엾은 젊은이는 한참 동안 안색이 변하더니 백지장처럼 창백해졌습니다. 하지만 그는 하소연을 하지 않았죠. 자신과 자신의 사랑에 대해서는 한마디도 하지 않고 우울한 표정으로, 불행을 당한 그 사람이 지불해야 할 돈이 얼마죠?라며 물었습니다. 만 굴덴!이라며 더욱 슬픈 어조로 부인이 대답했습니다. 절망에 빠진 젊은 상인은 자리에서 일어나면서, 분명히 해결책이 있을 테니 걱정 말라며 부인에게 용기를 주었죠. 그리고 부인을 바라보지도 못한 채 자리를 떴습니다. 다른 남자를 열렬히 사랑하고 있는 여인에게 마음을 주었던 일이 너무나 당황스러웠고 그런 자신이 수치스러웠던 겁니다. 이 가엾은 젊은이는 그녀의 이야기를 모두 성서처럼 진실로 받아들였기 때문에, 당장 거래하는 친구에게 가서 상당한 금액의 위약금을 물어 가며 사정을 해서 주문한 물품과 구입한 상품들을 취소했습니다. 최근에 만 굴덴을 직접 지불한 다음 구입하고 주문한 것들로 그의 인생이 달린 중요한 물건들을 모두 돈으로 환불받은 것입니다. 여섯 시간이 채 되지 않아 그는 자신의 전 재산을 들고 다시 부인의 집에 나타났습니다. 그리고 자신의 도움을 부디 받아주기를 부인에게 간청했던 것입니다. 부인의 두 눈은 반가움과 기쁨으로 반짝였으며 가슴은 정신없이 두근거렸습니다. 그에게 이 많은 돈을 어디서 구했는지 물었죠. 젊은 상인은 자신의 이름으로 빌렸으며 사업이 다행히 잘 되므로 별 어려움 없이 갚을 수 있을 거라고 대답했습니다. 부인은 그가 거짓말을 하고 있으며, 그녀의 행복을 위해 희생한 그의 유일한 재산이자 모든 희망이라는 사실을 분명히 알고 있었죠. 하지만 부인은 그의 말을 믿는 척했습니다. 그녀의 북바치는 기쁜 감정이 그대로 드러났지만, 가혹하게도 마치 이제 약혼자를 구하고 결혼을 할 수 있게 되어 기뻐하는 것처럼 비쳐졌습니다. 감사한 마음을 그 어떤 말로도 표현할 수 없었죠. 하지만 갑자기 무슨 생각이 떠오른 듯 부인은, 단 한 가지 조건만 들어주면 그의 도움을 받아들이겠노라고 대답했습니다. 그 조건이란, 정해 주는 날에 자기를 찾아와 주겠다는 약속을 하는 것이었습니다. 그녀의 결혼식에 참석해서 미래의 남편에게 가장 친한 친구이자 후원자가 되어 달라는 부탁이었습니다. 그리고 부인의 성실한 친구이자 보호자이며 조언자로서 말입니다. 그는 얼굴을 붉히며 이런 요구를 정중히 거절했죠. 요구를 뿌리치기 위해 온갖 이유를 둘러댔습니다. 업무상 스위스로는 도저히 둘러 갈 수 없을뿐더러, 예정에 없던 곳을 들르게 되면 업무상 엄청난 손실을 입을지도 모른다고 말이죠. 하지만 자신의 부탁을 들어주지 않는다면 그 돈을 다시 돌려줄 수밖에 없다고 부인은 강경하게 요구를 했지요. 그는 결국 마지못해 약속을 했습니다. 부인의 손에 얹고 그의 명예와 행복을 걸고 맹세를 해야 했죠. 부인은 그에게 도착해야 할 정확한 날짜와 시간을 알려 주었습니다. 그리고 이 모든 것을 하느님과 자신의 명예를 걸고 다시 맹세를 해야 했죠. 그제야 부인은 호의를 받아들여 금화를 침실로 들여놓았습니다. 그곳에 있는 여행 가방에 금화를 넣고 잠근 후 열쇠를 가슴에 집어넣었죠. 이제 부인은 밀라노에 머물 필요가 없었습니다. 무거운 마음으로 올 때와는 달리 기쁜 마음으로 고트하르트 고개를 넘어 귀향길에 올랐습니다. 한때는 뛰어내리고 싶었던 그 다리 위에서 마치 실성한 사람처럼 웃으며 아름다운 목소리로 목청껏 환호성을 지르고 가슴에 걸고 있던 석류꽃 목걸이를 강 위로 집어던졌습니다. 모든 걸 훌훌 털어 버리고 싶었던 거죠. 부인이 했던 여행 중에 가장 행복한 여행이었죠. 집으로 다시 돌아온 후 부인은 집안 구석구석 문을 열고 환기를 시키고 왕자를 기다리듯 아름답게 장식했습니다. 만 굴덴이 들어 있는 자루는 자신의 침대 머리맡에 두었죠. 밤에는 딱딱한 자루 위에 머리를 대고 세상에서 가장 부드러운 솜 베개라도 되듯 행복하게 잠이 들었습니다. 그가 오기로 약속한 날짜를 참고 기다리기는 너무 힘들었습니다. 간단히 약속을 할 리도 만무했지만 더구나 목숨을 건 맹세를 깨트릴 줄은 생각도 하지 못했죠. 하지만 약속한 그날이 되어도 사랑하는 사람은 나타나지 않았습니다. 아무 소식도 듣지 못한 채 며칠이 지나고 몇 주가 지났습니다. 부인은 온몸을 떨기 시작했고 불안과 공포에 빠졌죠. 수소문을 해 밀라노로 편지를 보내고 또 보냈지만, 그가 어디에 있는지 아는 사람조차 없었습니다. 그러던 가운데 우연히 그 젊은 상인이 사업을 시작하던 초기부터 집에 마련해 두었던 붉은 비단 천으로 군복을 맞춘 후 스위스 군에 입대했다는 사실을 알게 되었습니다. 당시 군인들은 프랑스 프랑수아 1세의 용병으로 밀라노 전쟁에 참가하고 있었죠. 수많은 스위스 용병들의 목숨을 앗아간 파비아 전투*가 끝난 후 학살당한 유대인들 무리 속에서 그의 시체가 발견되었습니다. 온몸은 찢기고 치명적인 상처투성이에다 붉은 제복은 완전히 갈기갈기 찢어져 있었습니다. 정신을 잃기 전에 그는 옆에 있던 상태가 좀 나은 젤트빌라 출신 동료에게 다음과 같은 내용을 불러 주면서, 그가 죽으면 전해 달라고 부탁했습니다.

'사랑하는 사람에게! 결혼식에 참석하겠다고 저의 명예를 걸고 하느님께 맹세했지만 당신의 행복한 결혼 모습을 차마 볼 용기가 없었습니다. 당신이 스위스로 돌아가신 후에야 이런 감정을 느낄 수 있었습니다. 제가 당신에게 품었던 사랑이 얼마나 가혹하고 잔인하지 그 전에는 몰랐습

* 1525년 2월 4일 이탈리아 북부 롬바르디아 지방의 도시 파비아에서 프랑스 왕 프랑수아 1세와 합스부르크 가의 신성로마제국 황제 카를 5세가 벌인 전투.

니다. 미리 알았더라면 분명히 좀더 자제를 했을 텐데요. 한때는 차라리 세속적인 명예와 숭고한 영혼조차 내팽개치고 지옥의 불보다 더 강하고 꺼지지 않는 뜨거운 사랑을 가슴에 안고 거짓 언약을 핑계 삼아 당신 앞에 다시 한 번 나타나고 싶었지만, 도저히 그럴 수는 없었습니다. 아름다운 여인이여, 저를 위해 기도하지 마십시오. 어디에 있든 당신 없이는 결코 행복할 수 없으며 행복해지지도 않을 겁니다. 행복하게 사시기를, 그럼 안녕히!'

이 전투에서 프랑수아 왕은 이렇게 말했다죠. '명예를 잃으면 모든 것을 잃는다!' 불행한 연인은 희망과 명예, 삶과 영원한 행복 그 모든 것을 잃었습니다만 그의 목숨을 앗아간 사랑만은 잃지 않았던 것입니다. 다행히 젤트빌라 출신 용병은 그곳을 빠져나와 곧 몸이 회복되었고 위험한 고비도 넘겼습니다. 그는 내용을 잊지 않기 위해 고인의 유언을 정성껏 기록해 두었습니다. 그리고 고향으로 돌아와 불행한 부인을 찾아가 부대원들에게 엄숙히 낭독해 주듯이 평소 습관대로 기록해 둔 내용을 군인처럼 딱딱하게 읽어 내려갔습니다. 야전 소위였기 때문이죠. 부인은 머리를 쥐어뜯고 옷을 찢으며 목 놓아 울기 시작했습니다. 얼마나 크게 울었던지 길에서도 모두 들렸고 사람들이 모여들었죠. 부인은 실성한 사람처럼 만 굴덴이 든 자루를 끌고 와서는 바닥에 뿌렸습니다. 그리고 그 위에 엎드려 반짝이는 금화에다 입을 맞추었죠. 이제 정신없이 굴러다니는 금화를 끌어 모으더니 잃어버린 연인이라도 되는 듯 품에 안았습니다. 하루 온종일 금화 위에 누워서 아무것도 먹지 않고 마시지도 않았죠. 차가운 금화에 끊임없이 애무를 하고 입을 맞추다가, 어느 날 한밤중에 갑자기 벌떡 일어나더니 금화를 부지런히 정원으로 날랐습니다. 그리고 쓰라린 눈물을 흘리며 정원에 있는 깊은 우물 속에 던져 버렸습니다. 어느 누구도 건드리지 못한다는 저주의 말을 남기고 말입니다."

슈피겔이 여기까지 설명을 하자 피나이스는 물었다.

"그 돈 아직도 우물 안에 있나?"

"그럼요, 달리 어디에 갔겠습니까? 저밖에 아는 사람이 없는 데 제가 아직 건져 올리지 않았으니."

"맞아! 자네 이야기를 듣느라 깜빡했군! 한데 거짓말하는 건 아니겠지, 이 빌어먹을 놈! 그 여인이 내 마음을 사로잡는 걸, 아주 미인이겠지! 그래서 그 다음 어떻게 됐는지 얼른 설명해 봐!"

"부인이 정신적 고통에서 벗어나 온전한 정신으로 돌아올 때까지는 여러 해가 걸렸죠. 그제야 예전에 제가 알고 있던 정숙한 본래의 모습으로 돌아왔습니다. 조용히 외로운 삶을 마감하실 때까지 제가 그분의 유일한 위안이자 믿을 만한 친구였다고 당당히 말할 수 있죠. 임종이 다가오자 부인은 다시 한 번 아득한 젊은 시절의 아름다움을 회상하게 되었죠. 처음엔 달콤한 흥분의 감정을 느꼈지만 나중엔 그때의 쓰라린 고통으로 또 한 번 괴로워하셨죠. 그리고 자신의 의심으로 잃어버린 젊은 시절의 사랑을 떠올리며 일주일 동안 밤낮으로 조용히 눈물을 흘리셨습니다. 그로 인해 두 눈은 죽기 바로 전에 장님이 되어 버렸죠. 이제 자신이 금화에 내린 저주를 후회하셨고, 제게 이 중요한 문제를 위임하시면서 이렇게 말씀하셨습니다. '슈피겔! 결심을 바꿔야겠어. 네가 이 문제를 알아서 하도록 전권을 넘길 테니, 주위에서 가난 때문에 청혼자와 맺어지지 못한 아름답지만 불쌍한 여인을 찾아보거라! 그리고 돈을 잘 벌면서 가난한 아가씨라고 업신여기지 않고 오직 아름다움만 보고 사랑할 수 있는 이해심 많고 정직한 멋진 청년이 나타나면, 이 사람에게 불행했던 나의 연인이 한 것처럼 성실하고 헌신적인 굳은 맹세를 하도록 시켜야 한다. 평생 동안 매사에 그 여인의 뜻을 따를 수 있도록 말이야. 그 다음, 결혼식 날 아침 신랑이 깜짝 놀라도록 우물에 넣어 둔 만 굴덴을 신부에게 지참금으로 주도록 해!' 고인은 이렇게 말씀하셨지만, 저의 불행한 운명 때문에 이 문제에 관심을 가질 겨를이 없었죠. 저 때문에 가엾은 부인이 아직도 지하에서도 걱정하실까 염려됩니다. 그래서 제 마음이 이렇게 편치 않은 거죠!"

피나이스는 의심스러운 듯 슈피겔을 바라보면서 물었다.

"이보게! 보물이 있다는 증거를 내게 확실히 보여 줄 수 있겠나?"

"언제든지 가능하죠! 하지만 마법사님, 금화를 바로 낚아채어서는 안 된다는 사실을 아시지 않습니까! 틀림없이 목덜미가 비틀어질 텐데요. 우물 안에는 유령이 나오니까,

가까이 다가가서는 안 되는 분명한 증거가 있습죠!"

피나이스는 약간 겁을 먹은 듯 대답했다.

"허, 누가 가져온다고 했는가? 나를 안내해서 보물이 있다는 것을 보여 주면 될게 아닌가! 아니면, 자네가 달아나지 않게 끈에 묶어 가는 건 어떨까!"

"좋으실 대로 하시죠! 하지만 별도로 긴 끈도 하나 가져가시죠! 우물 안으로 내려놓을 수 있는 등도 하나 필요합니다. 아주 깊고 어두우니까요!"

피나이스는 충고대로 준비물을 챙긴 다음 생기가 넘치는 고양이를 데리고 고인의 뜰로 향했다. 둘은 함께 벽을 뛰어넘었고 슈피겔은 마법사에게 야생 덤불이 무성하게 덮여 잘 보이지 않는 오래된 우물로 가는 길을 안내했다. 마침내 도착한 피나이스는 우물 안으로 등불을 내린 다음 두 눈을 번득이며 탐욕스럽게 들여다보았다. 그러는 동안에도 묶여 있는 슈피겔을 손에서 놓지 않았다. 정말 푸른 물 아래 깊숙한 곳에서 금화가 반짝이는 모습이 분명히 보이자 그는 외쳤다.

"정말이군, 보이는걸, 정말이야! 슈피겔, 자네 정말 대단해!"

그리고는 다시 아래를 성급히 내려다보면서 말했다.

"만 굴덴은 족히 되어 보이는데?"

"네, 하지만 장담할 수는 없어요! 저도 아직 한 번도 아래에 내려가 본 적이 없는 데다 세어 본 적도 없으니까요! 금화를 나르는 도중에 몇 개 떨어졌을 수는 있겠죠. 당시 부인은 매우 흥분된 상태였으니까요."

"그래도 대략 열 개는 되겠지, 뭐, 아니면 좀더 많거나 적을 수도 있겠는걸! 하긴 나하고는 아무 상관없는 일이지만!"

피나이스는 우물가에 앉았고 슈피겔도 옆에 앉아서 앞발을 핥았다.

"보물은 있고! 여기에 남자도 있는데, 아름다운 여인만 없군!"

피나이스는 쑥스러운 듯 머리를 긁적이면서 말했다.

"네?"

"내 말은 만 굴덴을 지참금으로 받을 여자만 있으면 되겠다는 의미야. 결혼식 날 아침 나를 놀라게 해 줄 여자 말이야. 자네 말대로 순결하고 사랑스러운 여인!"

"흠! 말씀하신 대로 문제가 그렇게 간단하지만은 않네요! 보시다시피 금화도 저기 있고, 솔직히 고백하자면 이미 제가 염두에 둔 아름다운 여인도 있습니다. 하지만 이런 어려운 상황에서도 그녀와 결혼하고 싶어 하는 남자를 구하는 데 어려움이 있죠. 더구나 요즘 아름다움이란 금색을 입힌 크리스마스 호두처럼 허황된 것일 테니까요. 머리가 텅 빌수록 알량한 여자 재산으로 그 공허함을 채우려고 애를 쓰는 사람들이 많죠. 그래야 시간을 잘 때울 수 있을 테니까요. 그런 자들은 심각한 표정으로 말을 살펴보고 벨벳을 한 필 사겠죠. 동분서주하면서 훌륭한 석궁을 하나 주문하기도 하겠죠. 다시 말해 나는 포도를 수확하고 통을 닦아야 하죠. 지붕도 덮어야겠죠. 나는 부인을 온천장으로 보내고, 허약한 부인 때문에 많은 돈을 쓰겠죠. 나의 나무를 운반해 오고 팔기 위해 내가 진열해 놓은 것을 거두어들여야겠죠. 그레이하운드 몇 마리 사들여 내 사냥개를 바꿔야겠죠. 떡갈나무로 만든 멋진 접는 책상을 하나 구입해서 거기에 내 커다란 호두나무 서랍을 끼워 넣어야죠. 내

콩 줄기에 댈 막대기를 잘라서 내 정원사를 쫓아내고 내 건초를 팔고 내 샐러드 씨앗을 뿌리게 해야죠. 항상 내 것, 아침부터 저녁까지 내 것뿐이죠. 많은 사람들은 심지어 내가 다음 주에 내 빨랫감이 있으니 내 침대를 햇볕에 말려야 한다고 말하죠. 나는 하녀를 하나 고용해야 하고, 내가 늙은 도축업자를 해고시킬 예정이니 새로운 도축업자도 하나 있어야 한다고 말입니다. 나는 아주 멋진 와플 굽는 틀을 하나 구입했는데, 우연히 나의 은제 계피상자를 팔아 버렸죠. 아무짝에 쓸모가 없었으니까요. 이 모든 건 부인들의 문제죠. 그런 자는 손끝 하나 까딱하지 않고 이런 모든 일들을 열거하면서 시간을 그렇게 헛되이 잡아먹죠. 기껏 몸을 낮추어야 한다면 그런 자는 아마 이렇게 말할 겁니다. 우리 소와 우리 돼지들, 하지만…"

피나이스가 슈피겔의 끈을 잡아당기자 야옹! 하고 외쳤다. "그만해, 이 수다쟁이야! 네가 알고 있는 그 여자가 어디에 있다는 거야? 꾸물거리지 말고 얼른 말해!"

여자의 재산에 얽힌 이 멋진 이야기와 사건들이 바싹 마른 마법사의 입에 더욱 군침을 돌게 했다. 슈피겔은 놀라서 물었다.

“정말 그 일을 하실 작정이세요, 피나이스 씨?”

“물론이지, 내가 해야지! 나 말고 누가 있나? 그러니 얼른 말해, 그런 여자가 어디 있나?”

“가셔서 결혼하시게요?”

“당연하지!”

“아시겠지만, 그 문제는 제 손에 달렸죠! 돈과 여자를 원하신다면 저와 먼저 이야기를 하셔야죠!”

슈피겔은 냉담하고 무관심하게 말했다. 그리고 매번 약간의 침을 바른 후 두 앞발을 끊임없이 귀에 갖다 되었다. 피나이스는 곰곰이 생각하더니 신음을 하며 말했다.

“우리의 계약을 취소하고 자네 머리를 구하고 싶다는 걸 알고 있네!”

“당신이 손해 보는 억울한 일인가요?”

“결국 너는 나를 속이고 배반할 거야, 사기꾼처럼!”

“그럴 수도 있겠죠!”

“다시 한 번 말하지만, 날 속이면 안 돼!”

피나이스는 단호하게 외쳤다.

"좋습니다. 절대 속이지 않겠습니다!"

"날 속였다간 봐라!"

"그럴 리가 있나요."

"슈피겔, 나를 괴롭히지 마!"

피나이스는 거의 울다시피 애원했고, 슈피겔은 진지하게 대답했다.

"피나이스 씨, 당신은 정말 대단한 분 같아요! 끈 하나에 나를 묶어 놓고는 무자비하게 잡아당겨 대니 숨이 멎을 것 같습니다! 벌써 두 시간도 넘게 죽음의 검이 제 위에서 왔다 갔다 하는데, 마치 반년은 흐른 것 같군요! 그런데 지금 당신은, 슈피겔 나를 괴롭히지 마! 하고 말씀하시네요. 간단히 말씀드릴게요. 고인이 말한 사랑의 의무를 수행하고 그러한 여인을 위한 유능한 남자를 찾을 수 있게 해 주시면 정말 감사하겠습니다. 제가 보기에 당신은 모든 면에서 충분한 자격을 갖춘 것 같습니다. 계집들이란 다루기가 결코 쉽지 않은데, 아마 이 여자도 그럴 겁니다. 다시 한 번 말씀을 드립니다만 그런 각오를 해 주신 것에 감사드립니다! 하지만 제가 죽으면 그게 다 무슨 소용이겠어요! 한 말씀

더 드리기 전에, 한 발짝 더 내딛기 전에, 즉 그러니까 말하자면 그 일에 대해 계속 말씀드리기 전에 제 자유를 다시 찾고 목숨을 보장받고 싶다는 겁니다! 그러니 이 끈을 치우고 계약서를 여기 우물이나 여기 이 돌 위에 내려놓으시던가 아니면 제 목을 치거나 둘 중 하나를 택하세요!"

"허, 성급하기는. 그렇게 딱딱거릴 건 없잖아? 차분히 이야기를 해야지, 어쨌든 계약서는 새로 체결해야겠지!"

슈피겔은 아무 말 없이 꼼짝도 하지 않고 그대로 앉아 있었다. 일 분, 이 분, 그리고 삼 분이 흘렀다. 그러자 마법사는 은근히 불안해졌다. 그는 작은 가방에서 계약서를 꺼내더니 한숨을 쉬며 다시 한 번 훑어보고는 머뭇거리며 슈피겔 앞에 내놓았다. 계약서를 그 앞에 놓자마자 슈피겔은 잽싸게 입에 넣고는 꿀떡 삼켜 버렸다. 너무 급하게 삼키느라 목에 걸리기는 했지만 지금까지 먹어 본 것 중에서, 그리고 오랫동안 잘 대접받으며 살을 찌우고 다시 활기를 되찾기를 고대하며 먹었던 음식 중 가장 훌륭하고 건강에 좋은 음식인 것 같았다. 기분 좋게 종이를 삼키고 난 슈피겔은 마법사에게 정중히 인사를 하며 말했다.

"피나이스 씨, 제가 분명히 말씀드리지만, 여자와 돈은 절대 놓치지 마세요. 물론 진심으로 사랑할 마음의 준비도 하셔야 됩니다. 아름다운 부인의 애무에 확실히 보답할 수 있는 조건을 갖추고 맹세할 수 있어야겠죠! 또한 그동안 훌륭한 대우와 맛있는 음식을 주셔서 감사하며, 여기서 이만 작별 인사를 드릴까 합니다!"

이렇게 해서 슈피겔은 길을 떠났고 자신은 물론 온 세상을 속일 수 있다고 믿었던 마법사의 어리석음을 즐겼다. 그는 아름다운 신부에 대한 순수한 사랑에서 결혼을 하려고 하는 것이 아니라, 만 굴덴이란 지참금을 탐내고 있다는 사실을 이미 알고 있었던 것이다. 구운 개똥지빠귀와 쥐, 소시지에 대한 감사의 보답으로 슈피겔은 그동안 어리석은 마법사에게 소개할 여자를 한 명 점찍어 두고 있었다.

피나이스의 집 맞은편에는 깔끔하게 흰 칠이 되어 있고 항상 창문을 깨끗이 닦아 놓아 반짝거리는 집이 한 채 있었다. 소박한 창문의 커튼은 항상 눈처럼 하얗고 다림질이 잘 되어 있었다. 그 집에 살고 있는 노부인의 제복이며 머리 두건, 스카프 역시 하얀 색이었다. 수녀들이 쓰는 것처럼 가슴까지 내려오는 머리 장식도 항상 종이처럼 잘 접혀 있어 금방이라도 그 위에 글을 쓸 수 있을 것 같았다. 판자처럼 편평하고 딱딱해서 적어도 그 가슴 위라면 편안히 쓸 수 있을 것이다. 옷의 하얀 칼라와 모서리 역시 날카로웠고 긴 코와 턱도 예리했다. 그녀의 혀와 화난 시선도 예리했다. 하지만 입으로 말을 한 적이 거의 없었고 눈으로 보는 적도 거의 없었다. 시간 낭비를 좋아하지 않아서 모든 것을 정확한 시간에 기도하는 데만 사용했기 때문이다. 매일 세 번 교회에 갔는데, 깨끗하게 주름 잡힌 하얀 옷을 입은 노인이 하얗고 뾰족한 코로 거리를 지나갈 때면 아이들이 무서워 달아났으며 어른들도 그 시간이 되면 문 뒤로 숨었다. 하지만 노부인은 경건한 생활과 철저한 은둔생활로 유명했으며, 특히 종교적으로 명성이 높아 신부들조차 그녀와 직접 이야기하기보다는 서면으로 소통하고자 했다. 부인의 고해성사를 받기라도 하는 날이면 신부는 매번 빵 굽는 오븐에서 방금 나온 사람처럼 땀에 흠뻑 젖어 있곤 했다.

수녀처럼 경건한 삶을 사는 그녀는 즐거움이라고는 모르며 그렇게 깊은 평화 속에서 어떤 방해도 받지 않고 살고 있었다. 누구와도 접촉을 하지 않았으며 짐작컨대 사람들을 꺼려해 지나가도 모른 척해 버렸다. 다만 이웃인 피나이스만은 유독 미워하는 것 같았다. 그가 창가에 보일 때마다 기분 나쁘게 바라보다가 금세 흰 커튼을 쳐 버리곤 했다. 피나이스는 불이라도 본 듯 그녀를 두려워해서, 문이란 문은 모두 걸어 잠근 후 집 안 깊숙이 틀어박혀서야 겨우 그녀에 대해 한두 마디 농담을 하는 정도였다.

길 쪽에서는 그렇게 하얗고 환해 보이지만 노파의 집 뒤편은 검게 그을려 섬뜩하고 기이해 보였다. 사람 얼굴조차 볼 수 없게 창문 하나 없이 높이 솟은 방화벽으로 된 어두컴컴한 구석에 있었기 때문에 하늘의 새나 지붕 위의 고양이 외에는 거의 아무도 볼 수 없는 곳이었다. 지붕 아래에는 찢어진 낡은 속옷들, 바구니와 약초용 자루들이 걸려 있었다. 지붕 위에는 튼튼한 주목나무와 가시나무 덤불들이 자라고 있었고, 검게 그을린 커다란 굴뚝이 무시무시하게 우뚝 솟아 있었다. 어두운 밤이면 이 굴뚝에서 마녀가 빗자루를 타고 공중으로 날아가는 것을 드물지 않게 볼 수 있었다. 신이 여자를 창조했을 때처럼 실오라기 하나 걸치지 않은 젊고 아름다운 몸매였다. 굴뚝에서 나온 마녀는 앵두 빛 입술로 미소를 지은 채 예민하고 작은 코로 냄새를 맡으며 상쾌한 밤바람을 쐬었다. 새까맣고 긴 머리카락을 검은 깃발처럼 휘날리며 몸에서 하얀 빛을 발하며 날아갔다. 굴뚝 옆 구멍에는 늙은 부엉이 한 마리가 앉아 있었다. 자유의 몸이 된 슈피겔은 도중에 잡은 살찐 쥐 한 마리를 입에 물고 이 부엉이에게 다가갔다.

"안녕하세요, 부엉이 부인! 망보시느라 바쁘시죠?"

슈피겔이 인사를 하자 부엉이가 대답했다.

"늘 그렇죠! 안녕하세요, 슈피겔 씨! 오랫동안 보이지 않으시던데."

"그럴 만한 일이 좀 있었죠. 그동안 있었던 이야기나 좀 해 드릴까 해서요. 여기, 요즘 계절에 비해 그런 대로 먹을 만한 쥐를 한 마리 가져왔는데, 괜찮으시면 한번 맛보세요. 주인님은 출타하셨나요?"

"아직요. 아침 무렵에야 한 시간 정도 외출을 하시죠. 맛있는 쥐를 주셔서 감사합니다! 슈피겔 씨는 어쩜 늘 그리도 한결같으세요! 오늘 제게 걸린 참새가 영 시원찮아 여기 한쪽에 치워 놓았는데, 좋아하시면 드세요! 그런데 그동안 어떻게 지내셨어요?"

"죽을 뻔하다, 기적적으로 겨우 살아났습니다. 드시면서 한번 들어 보세요."

슈피겔은 편안하게 저녁을 함께 먹으면서 귀를 기울이는 부엉이에게 어떻게 피나이스의 손아귀에서 벗어났는지 그동안 겪은 일을 모두 설명했다. 다 듣고 난 부엉이는 이렇게 말했다.

"갖은 고생 끝에 풀려나신 걸 진정으로 축하드립니다. 다시 늠름한 남성으로 원하는 곳을 마음대로 다닐 수 있게 되었으니 정말 다행이네요!"

"그런데 그게 아직 끝이 난 게 아니거든요. 그 자가 여자와 만 굴덴을 가질 수 있도록 해 줘야 하니!"

"당신을 죽이려던 못된 자에게 친절을 베푸시다니 제정신이세요?"

"그렇더라도, 그는 계약에 따라 정당하게 한 겁니다. 그러니 저도 똑같이 해 줘야죠. 포기할 이유가 있겠습니까? 그에게 친절을 베풀다니 무슨 천만의 말씀이세요! 그건 모두 제가 꾸민 이야기였어요. 하느님을 믿는 제 주인은 수많은 구혼자들에 둘러싸여 있었지만 평생 한 번도 사랑에 빠진 적이 없는 단순한 여자였죠. 예전에 유산으로 물려받은 재물은 정당하게 번 돈이 아니어서 불행을 당하지 않기 위해 우물에 던져 버렸던 것입니다. 주인이 금화를 꺼내어 쓰는 사람에게 내린 저주는 선의의 의미라고 할 수 있죠!"

"그건 그렇고! 그럼 적당한 여자를 어디서 구할 작정이세요?"

"여기 이 굴뚝에서요! 그래서 현명한 방안이 없을까 싶어 의논 드리기 위해 이렇게 온 것입니다! 여기 사는 마녀의 구속에서 벗어나 다시 자유로운 몸이 되고 싶지 않으세요? 마녀를 사로잡아 늙은 악마와 결혼시킬 방법을 한번 궁리해 보세요!"

"슈피겔, 당신 정말 보통이 아니시군요. 그런 좋은 생각을 일깨워 주시다니."

"현명하신 걸로야 바로 당신이지요! 저야 제 의무를 다할 뿐인 걸요. 이제 당신은 다 된 밥을 밥상에 차리기만 하시면 되겠죠. 그러면 분명히 성공할 겁니다!"

"모든 것이 아주 멋지게 맞아떨어지는군요. 오래 고민할 필요도 없겠습니다. 이미 오랫동안 계획해 오던 일이니까요!"

"어떻게 낚을 생각이세요?"

"튼튼하고 질긴 삼끈으로 만든 도요새 그물만 있으면 되겠어요. 아직 여자를 만나 본 적 없는 스무 살짜리 사냥꾼 아들이 엮은 그물이어야 합니다. 한 번도 도요새 사냥에 사용한 적이 없는 그 그물에 밤이슬이 세 번 내려야 하는데, 그건 곧 좋은 거래가 세 번 성사되어야 한다는 의미죠. 마녀를 잡는 데는 그런 튼튼한 그물만으로 충분해요."

"그런 그물을 어디에서 구하실지 궁금하네요, 쓸데없는 말씀을 하실 분이 아니시니!"

"마치 우리를 위해 만든 것처럼 딱 맞는 그물이 하나 있어요. 여기서 그리 멀지 않은 숲속에 선천적으로 장님이라 아직 여자를 본 적 없는 스무 살짜리 사냥꾼 아들이 살고 있습니다. 장님이니 그물을 엮는 일밖에 할 수 없는데, 며칠 전에 아주 멋진 도요새 그물을 하나 새로 만들었죠. 늙은 사냥꾼이 사냥에 쓸려고 처음으로 이 그물을 펼쳐 놓으려는데 그때 마침 한 여자가 유혹하기 위해 다가왔습니다. 그 여자가 얼마나 추했는지 너무 놀란 노인은 그물을 바닥에 내동댕이친 채 달아나 버렸죠. 그래서 도요새 한 마리 잡지 못한 그물 위에 이슬이 내렸습니다. 그러니 좋은 거래가 한 차례 이루어진 셈이죠. 다음 날 노인이 그물을 치러 가는데, 마침 말 등에 무거운 자루를 실은 기사가 한 명 지나갔습니다. 그 자루에 구멍이 하나 나서 간간이 금화가 땅바닥에 떨어져 새고 있었죠. 사냥꾼은 그물을 그대로 둔 채 급히 기사를 뒤쫓아 가면서 금화를 부지런히 모자에 주워 담았습니다. 마침 뒤를 돌아본 기사가 그 모습을 보고 몹시 화를 내며 창을 겨누자 이에 놀란 사냥꾼은 허리를 굽히고 자신의 모자를 내밀며 말했죠. '나리, 떨어진 금화를 제가 여기 모두 주워 놓았습니다!'

정직한 일을 한다는 것은 참으로 어렵고도 또한 좋은 일이므로, 이렇게 해서 또다시 좋은 거래가 이루어졌습니다. 그런데 돈을 줍느라 도요새 그물로부터 너무 멀리 떨어져 버린 사냥꾼은 두 번째 밤에도 그물을 숲에 그대로 둔 채 지름길로 집에 돌아왔습니다. 드디어 셋째 날, 말하자면 어제죠, 사냥꾼은 다시 길을 떠났다가, 그에게 아침을 떨곤 했던 아름다운 대모를 만났습니다. 노인은 그녀에게 작은 토끼를 여러 번 선물한 적이 있었죠. 사냥꾼은 도요새는 완전히 잊어버리고 아침 인사를 하며 이렇게 말을 건넸습니다. '가엾은 도요새 새끼 한 마리를 살려 준 적이 있어요. 동물도 사랑할 줄 알아야죠!' 이렇게 세상을 위해 좋은 일을 세 번 한 사냥꾼은 오늘 오전에 때맞춰 수도원에 들어가게 되었다고 합니다. 그렇게 해서 그물은 아직 한 번도 사용하지 않은 채 숲속에 그대로 있으니 이제 가져와도 되는 거죠."

"얼른 가져오세요! 우리에게 안성맞춤이니."

"그럼 그동안 제 대신 이 구멍에서 망을 좀 서 주시겠어요? 주인이 공기가 맑은지 굴뚝을 통해 물어보면, 제 목소리를 흉내 내어 이렇게 대답하세요. 아뇨, 아직 펜싱도장에 냄새가 나지 않아요!라고요."

슈피겔은 굴뚝을 지키고 부엉이는 조용히 도시를 지나 숲으로 날아갔다가, 금방 도요새 그물을 물고 돌아와서 물었다.

“주인이 물어보던가요?”

“아니요, 아직!”

둘은 굴뚝 위에 그물을 펼쳐 놓고 그 옆에 얌전하게 앉아 기다렸다. 주위는 아직 어슴푸레했고 아침 바람이 가볍게 스쳐 지나가는 사이로 별들이 반짝이고 있었다. 부엉이가 소곤거렸다.

“매끈한 어깨에 검댕이 하나 묻히지 않고, 굴뚝 사이로 얼마나 능숙하게 빠져나오는지 한번 보세요!”

슈피겔이 조용히 대답했다.

“아직 한 번도 그렇게 가까이서 본 적이 없는데, 공격만 당하지 않았으면 좋겠군요!”

그때 아래쪽에서 마녀가 부르는 소리가 들렸다.

“바깥은 깨끗하니?”

부엉이가 외쳤다.

“아, 깨끗합니다. 펜싱도장에서 나오는 냄새도 기가 막히게 좋습니다!”

곧 마녀가 올라오다가 그물에 걸렸다. 고양이와 부엉이는 재빠르게 잡아당긴 다음 한데 묶었다.

"꼭 잡아요!"

슈피겔이 말하자 부엉이는 대꾸했다.

"잘 묶어요!"

마녀는 그물에 걸린 물고기처럼 쥐 죽은 듯이 조용히 버둥거렸다. 하지만 아무 소용없었다. 최고로 튼튼한 그물임이 입증되었다. 마녀가 들고 있던 빗자루의 자루 막대가 그물 사이로 삐죽이 빠져나왔기에 그걸 조심스럽게 잡아당기려다 슈피겔은 코끝을 세게 얻어맞았다. 얼마나 세게 맞았던지 정신이 멍했다. 그물에 갇힌 암사자에게는 가까이 다가가는 게 아니란 것을 깨닫게 되었다. 드디어 마녀가 조용해지더니 입을 열었다.

"대단한 녀석들이군, 도대체 내게 뭘 원하는 거지?"

"날 풀어 주고 자유를 되돌려 주시오!"

부엉이가 대답했다.

"공연한 헛수고를 한 게로군! 그래, 넌 이제부터 자유다. 이 그물을 치워라!"

마녀가 대답하자, 슈피겔은 코를 문지르며 말했다.

"아직 안 됩니다! 우리가 시키는 대로 이웃집의 시 마법사 피나이스 씨와 결혼해서 백년해로하겠다는 약속을 해 줘야겠어요!"

마녀가 다시 버둥대며 도깨비처럼 숨을 내몰아 쉬기 시작하자, 부엉이가 말했다.

"그러고 싶지 않나 본데요!"

그러자 슈피겔이 나섰다.

"조용히 그리고 우리가 시키는 대로 하지 않을 경우 그물을 통째로 도로변 처마 앞 용머리에 매달아 놓을 텐데, 그러면 내일 사람들이 보고 당신이 마녀라는 사실을 알게 될걸요! 피나이스 씨 감독하에 통구이가 되고 싶은가요, 아니면 그와 결혼해서 그를 구워삶으시겠어요?"

마녀가 한숨을 쉬며 대답했다.

"말해 봐, 도대체 왜 결혼을 해야 되는 거야?"

슈피겔은 어떤 의도인지 마녀가 해야 할 일이 무엇인지 등 모든 것을 그럴듯하게 설명해 주었다.

"달리 뾰족한 수가 없으니 시키는 대로 하는 수밖에 없겠군!"

이렇게 말하며 마녀는 자신을 꽁꽁 묶어 놓은 튼튼한 그물의 힘에 눌려 승복하고 말았다. 두 동물들은 그물을 걷은 다음 마녀를 꺼내 주었고, 셋은 곧장 빗자루에 올라탔다. 부엉이는 마녀 바로 뒤 막대 위에 앉고, 슈피겔은 맨 뒤 싸리 다발 위에 앉아 꼭 잡았다. 그렇게 해서 보물을 꺼내기 위해 모두들 우물을 향해 날아갔다.

아침이 되자 슈피겔은 피나이스 씨 댁을 방문했다. 그러고는 먼저 말했던 여자를 만나보고 결혼할 수 있게 될 거라고 전하면서, 그 여인은 너무 가난해서 버림받고 쫓겨나 지금 성문 앞 나무 아래에 앉아 울고 있다고 설명해 주었다.

이 말을 들은 피나이스는 바로 격식을 갖추어 낡은 노란색 벨벳 조끼를 입고 그보다 좀 나은 모피 모자를 썼다. 그리고 검을 허리에 찼다. 손에는 낡은 초록색 장갑을 끼고 예전에 발삼이 들어 있어서 아직 냄새가 약간 남아 있는 작은 향수병을 집었다. 그리고 종이 카네이션을 들고 청혼을 하기 위해 슈피겔과 함께 성문으로 갔다. 그곳에서 버드나무 아래에 앉아 울고 있는 여자를 만났다. 평생 한 번도 본 적이 없는 대단한 미인이었다. 하지만 그녀는 초라하고 찢어진 옷 때문에 수줍어하고 있었다. 여기저기 백옥처럼 하얀 속살이 약간씩 드러나 보였다.

눈이 휘둥그레진 피나이스는 너무 황홀해진 나머지 구혼의 말조차 꺼내지 못했다. 그때 아름다운 여인이 눈물을 닦고 매혹적인 미소를 지으며 그에게 손을 내밀었다. 숭고하고 청아한 목소리로 그의 자비로운 마음에 감사하며 죽는 날까지 그를 성실히 섬기겠다고 맹세했다. 그 순간 피나이스에게 신부에 대한 열정과 탐욕심이 끓어 올랐으며, 신부를 혼자 독차지하기 위해 사람들의 시선을 끌지 못하도록 해야겠다고 다짐했다. 피나이스는 나이가 많은 한 은둔자의 집에서 결혼식을 올리고 결혼 피로연은 집에서 열었다. 슈피겔과 부엉이 외에 다른 손님은 없었다. 그나마 슈피겔도 부엉이의 부탁으로 겨우 승낙을 받은 덕분이었다.

피로연 동안 피나이스는 식탁 위 그릇에 담아 놓은 만 굴덴을 수시로 손으로 만져 보며 금인지를 새삼 확인해 보곤 했다. 그리고 다시 푸른 벨벳 원피스를 입고 앉아 있는 아름다운 부인을 흐뭇하게 바라보았다. 머리는 황금색 망으로 싸서 꽃으로 장식했으며, 하얀 목에는 진주 목걸이가 걸려 있었다. 그는 계속 입맞춤을 하고 싶어 했지만, 그녀는 부끄러운 척하면서 얌전히 그를 물리쳤다. 매혹적인 미소를 지으며 사람들이 있거나 날이 밝은 때에는 입맞춤을 하지 않았으면 좋겠다고 달랬다. 이런 일로 피나이스는 부인에게 더욱 빠져 들게 되었고 행복한 마음이 들었다. 한편 슈피겔은 달콤한 대화로 식사 시간에 더욱 흥을 돋우어, 아름다운 부인이 애교를 부리며 편안하고 재치 있는 대화를 하도록 유도해 내었다. 시 마법사는 흡족한 기분에 자신에게 앞으로 어떤 일이 닥칠지 전혀 눈치 채지 못하고 있었다.

날이 어두워지자 부엉이와 고양이는 작별 인사를 하고 공손하게 물러 나왔다. 피나이스는 등불을 들고 대문까지 내려와 배웅하면서, 슈피겔에게 훌륭하고 정중한 분이라고 부추기며 다시 한 번 감사의 인사를 했다. 배웅을 하고 돌아와 보니, 방에는 흰 옷을 입은 이웃집 늙은 노파가 식탁에 앉아서 그를 노려보고 있는 것이었다. 놀란 피나이스는 램프를 떨어트리고 덜덜덜 떨면서 몸을 가누지 못해 벽에 기대었다. 숨이 막 차오고 얼굴은 백지장처럼 창백하고 핼쓱해졌다. 노파는 일어나서 다가오더니 그를 신방으로 몰아넣었다. 그곳에서 마녀는 상상도 하지 못할 정도로 혹독한 고문을 가했다. 그렇게 피나이스는 노파와 수수께끼 같은 결혼생활을 시작했고 시내에는 다음과 같은 소문이 자자했다.

"조용한 물이 얼마나 깊은지 보셨죠! 경건한 노파와 시 마법사가 서로 결혼할 줄 누가 알았겠어요! 그리 사랑스러워 보이지는 않지만 잘 어울리는 성실한 한 쌍 같지 않나요!"

하지만 피나이스 씨에게 그때부터 가엾은 삶이 시작되었다. 부인은 그가 몰래 모아 놓은 재산까지 모두 독차지하고 그를 완전히 휘어잡았다. 마법사는 잠시의 자유나 휴식도 없이 아침부터 저녁까지 사력을 다해 마술을 해야 했다. 지나가던 슈피겔이 이런 모습을 보고는 다정하게 인사를 건넸다.

"어쩜 그렇게 항상 부지런하세요, 피나이스 씨?"

이때부터 젤트빌라 사람들은, 유난히 표독스럽고 고집 센 부인을 얻으면 다음과 같은 말을 한다. 그 양반 고양이 비계를 샀군!

1. 작가

고트프리트 켈러(1819-1890)는 스위스 취리히에서 태어나 다섯 살 때 선반공이었던 아버지를 여의고 어머니와 함께 살면서 경제적으로 어려운 시절을 보냈다. 어려운 집안 형편으로 직업학교에 들어갔으나 사소한 문제를 일으켜 퇴학당하며, 그 후 뮌헨의 미술학교에 진학해 화가의 꿈을 키워 보지만 그마저 좌절된다. 23살, 취리히로 돌아온 켈러는 작가수업을 시작하였고, 몇 년 후 취리히 주정부 장학금으로 하이델베르크와 베를린으로 유학한다. 독일에 체류하는 동안 유명한 철학가, 문인들과 교류하면서 문학적인 소양을 쌓는 한편, 정신적 물질적으로 많은 도움을 받는다. 베를린 시절 한 출판인의 지원으로 《신시집*Neue*

Gedichte》과 함께 장편 교양소설《녹색의 하인리히》를 완성하게 된다.

독일 유학 시절 작가적 명성을 얻게 된 켈러는 7년 후 취리히에 돌아온 후에도 단편집《젤트빌라 사람들*Die Leute von Seldwyla*》을 발표하는 등 왕성한 창작 활동을 했지만 경제적으로는 여전히 궁핍했다. 이런 켈러에게 뜻밖의 행운이 찾아온다. 친구의 소개로 주 정부 서기로 공직을 맡게 되었고, 그의 나이 42세 때였다. 마침내 켈러는 안정된 환경 속에서 일과 작품 활동에 전념할 수 있게 되었다. 15년간의 공직 생활 동안〈일곱 개의 전설Sieben Legenden〉을 비롯한 여러 작품을 발표했고《젤트빌라 사람들》2부가 발표된 것도 이 무렵이다. 57세, 공직 생활을 마친 이후에도《젤트빌라 사람들》등을 발표하며 꾸준히 작품 활동을 하다가 1890년 81세를 일기로 고향 취리히에서 삶을 마감한다.

2. 작품

여기 소개한 두 작품은《젤트빌라 사람들》의 제1부와 제2

부에 실린 단편들이다. 젤트빌라는 '햇빛이 잘 드는 양지 바른 곳'이라는 뜻으로, 스위스 어디에서나 볼 수 있는 가상의 도시이다.

1856년에 발표된 단편집 《젤트빌라 사람들》 제1부에는 〈심술쟁이 판크란츠Pankraz, der Schmoller〉, 〈마을의 로메오와 율리아Romeo und Julia auf dem Dorfe〉, 〈레겔 암라인 부인과 막내아들Frau Regel Amrain und ihr Jüngste〉, 〈정의로운 세 명의 빗 제조공들Die drei gerechten Kammmacher〉, 〈고양이 슈피겔Spiegel, das Kätzchen〉이 실려 있고, 17년 후 제2부의 다섯 편이 더해져서 총 열 편의 단편이 스위스의 가상 도시 젤트빌라를 무대로 소개된다. 제2부는 〈옷이 날개Kleider machen Leute〉를 비롯하여 〈행복한 재단사Das Schmied seines Glückes〉, 〈악용된 연애편지Die mißverbrauchten Liebesbriefe〉, 〈디테겐Dietegen〉, 〈잃어버린 웃음Das verlorene Lachen〉으로 구성되어 있다.

〈옷이 날개〉

가난한 재단사 벤첼 슈트라핀스키는 골다흐로 향해 힘없

이 걸어가고 있다. 가진 것이라곤 골무밖에 없지만 고급스러운 복장과 고상한 외모로 인해 아무리 춥고 배고파도 빵 한 조각 구걸할 수 없는 신세이다. 우연히 지나가던 귀족의 마차를 얻어 타고 골다흐의 한 여관 앞에 내린 슈트라핀스키는 훤칠한 외모에 고급스러운 옷 덕분에 시민들로부터 폴란드 백작으로 오해받는다. 모든 사람들이 그의 차림새만으로 귀족이라고 생각하지만 마부는 한눈에 그가 세상을 떠돌아다니는 방랑자임을 알아챈다. 여관 주인은 물론 골다흐 신사들이 모두 그를 극진히 대접하며 환심을 사려고 애쓴다. 반면 슈트라핀스키는 이 곤혹스러운 상황을 어떻게 해서든 모면해 보려고 하지만 번번이 실패하고 만다. 어느 날 좋은 기회를 틈타 마을을 빠져나가려는 순간 시의원과 그의 딸 네트헨을 만나게 되고 그녀와 사랑에 빠지게 되면서 본의 아니게 맡은 백작 역할을 계속 수행해 나갈 수밖에 없게 된다.

슈트라핀스키는 화려하고 행복한 백작 생활을 하지만 언제 탄로 날지 모르는 신분 때문에 늘 초조하고 불안하다. 이런 가운데 두 사람의 사랑이 약혼으로 이어지고 약혼식

무도회장에서 사업가 멜허 뵈니에 의해 그의 신분이 폭로된다. 네트헨에게 청혼을 했던 뵈니는 이 기회를 이용해 그녀와의 재결합을 꿈꾼다. 한편 절망과 수치심으로 정처 없이 숲속을 헤매던 주인공은 추운 겨울날 눈 속에 쓰러져 동사상태에 이른다. 뒤쫓아 온 네트헨의 도움으로 깨어난 슈트라핀스키는 자신에 대한 모든 것을 사실대로 고백한다. 그의 진실한 사랑을 확인한 네트헨은 주인공을 용서하고, 주위의 만류에도 불구하고 결혼하여 젤트빌라에서 행복한 가정을 이룬다. 둘 사이에는 수많은 아이들이 탄생하고 사업도 번창하여 많은 돈을 벌었지만 젤트빌라에는 한 푼도 남기지 않고 아내의 고향 골다흐로 돌아간다.

〈고양이 슈피겔〉

털이 유난히 반짝거리고 윤이 나서 거울이라는 의미의 '슈피겔Spiegel'이란 이름을 얻게 된 수고양이는 젤트빌라에서 한 노파와 함께 아무 근심 걱정 없이 행복하게 살고 있었다. 그러던 어느 날 주인이 죽으면서 그의 전성시대는 끝난다.

자의식이 강하고 사색적이었던 슈피겔은 이제 지나가는 소년이 떨어트리는 빵 부스러기를 얻어먹기 위해 비굴하게 눈치를 보는 신세로 전락한다. 거리를 전전하다 우연히 만난 젤트빌라의 시 마법사는 슈피겔에게 비계를 팔라고 제안한다. 그의 집에 묵으면서 살이 오를 때까지 마음껏 먹여 준다는 조건이었다. 제대로 먹지 못해 허기진 슈피겔에게 시 마법사 피나이스의 제안은 절호의 기회이므로 쾌히 승낙한다.

편안히 먹고 자면서 다시 삶의 의욕을 되찾은 영리한 슈피겔은 머지않아 죽어야 할 자신의 운명을 깨닫고 회의가 들기 시작한다. 그래서 피나이스 씨가 정성을 다해 준비해 둔 먹잇감을 마다하고 직접 사냥에 나서면서 예전의 날씬한 모습으로 돌아온다. 이에 화가 난 피나이스는 그를 우리에 가두고 살이 찔 때까지 온갖 맛있는 먹이를 갖다 댄다.

마침내 운명의 순간이 다가오고 마지막 유언을 하는 자리에서 슈피겔은 고인이 된 노파가 부탁한 유언에 대해 털어놓는다. 아름다운 여인과 그녀에게 어울리는 남자를 찾아서 노인이 집 뒤 우물에 숨겨 놓은 만 굴덴을 선물하라는 부탁이었다. 잘만 하면 시 마법사에게는 여자와 만 굴덴이 굴러드는 횡재였다. 이제 슈피겔을 풀어 주는 조건으로, 피나이스를 우물로 안내해 거짓말이 아님을 확인시켜 주고 슈피겔은 약속대로 계약에서 풀려난다. 적당한 신부감을 찾던 슈피겔은 마녀에게 잡혀 굴뚝을 지키는 친구 부엉이를 떠올린다. 낮에는 수녀 같은 생활을 하는 노파의 모습을 하고 있는 마녀는 마법사 피나이스의 이웃에 살고 있는데, 둘은 서로 싫어해서 상극관계였다. 슈피겔은 이 마녀를 신부감으로 고른 것이다.

고양이와 부엉이는 마녀를 포획할 수 있는 새그물을 구해 힘을 합쳐 그물을 지붕에 설치한다. 굴뚝을 통해 날아나오다 사로잡힌 마녀는 사람들 앞에 본색이 드러나는 것이 두려워 부엉이를 풀어 주고 마법사와의 결혼을 승낙하고 만다. 이렇게 해서 가난하고 아름다운 여인으로 변장한 마녀와 그것도 모르는 피나이스는 결혼식을 올린다.

결국 고양이 슈피겔과 부엉이는 자유의 몸이 되고 마법사는 만 굴덴과 아름다운 여인을 아내로 얻게 되지만, 그것으로 끝이 아니다. 흐뭇한 기분으로 신방에 든 마법사는 방 안에 앉아 있는 마녀를 보고 경악한다. 이제 피나이스는 평생 마녀에게 잡혀 살며 뼈 빠지게 일만 하는 신세가 된 것이다. 젤트빌라 사람들은 못생기고 고집이 센 악처를 얻으면 고양이 비계를 샀군!이라고 하는데, 이 말은 그렇게 유래된 것이다.

3. 작품 배경

시대배경 18세기 말 세 차례에 걸쳐 영토 분할의 난국을 겪었던 폴란드 왕국은 급기야 1815년 러시아에 통합되면서 '유럽의 영토 확장 정책의 희생양'으로 전락하고 만다. 이런 상황에서 폴란드인들은 프랑스 파리를 중심으로 독립운동을 전개하지만 유럽 열강들의 정치적 지지를 얻는 데는 실패한다. 1830년의 바르샤바 혁명, 1846년의 크라카우 혁명도 러시아에 의해 무력으로 진압된다. 1863년, 켈러가 《젤트빌라 사람들》 제2부를 집필하던 무렵, 폴란드인들은 다시 봉기한다. 나폴레옹 3세가 프랑스의 국제적 지위 강화를 도모하는 과정에서 그들을 지원해 줄 것으로 믿었지만, 프로이센의 지원을 보장받은 러시아에 의해 폴란드의 자유투쟁은 무력으로 진압된다. 폴란드에 대한 다른 유럽의 우호적 관심은 도덕적 차원에 그치며, 스위스 역시 중립적인 입장에서 구체적인 정치적 영향력을 발휘하지 못한다. 이런 상황에서 1863년 스위스에서는 폴란드 지원을 위한 임시 위원회가 창립되고 켈러는 서기관으로서 기부금을 확충하는 역할을 담당한다. 당시 스위스의 정치적 상황을 살펴보면 헌법 개정에 관한 논의가 활발했고, 1869년에 완성된 새 헌법은 민주주의와 경제적 자유주의로 도약하는 토대가 된다. 19세기 말, 스위스에서도 기차가 새로운 교통수단으로 등장했고 각종 중개업소가 번창했으며 회사들이 우후죽순으로 설립되는 산업화의 전성시대가 열렸다.

당시의 이런 시대적 급변은 전통적 생활양식에도 변화를 가져 오며, 젤트빌라 이야기에는 발전된 스위스 사회의 이면에 가린 과거의 인간미 넘치던 전통 사회에 대한 향수가 내재되어 있다고 볼 수 있다.

시적 사실주의, 유머와 풍자 19세기 후반기의 독일 문학사조를 대변하는 '시적 사실주의poetischer Realismus'라는 용어는 독일 철학자 셸링Schelling에 의해 처음으로 사용되었으며, 오토 루트비히Otto Ludwig에 의해 문학적인 개념으로 자리 잡는다. 루트비히가 정의한 시적 사실주의란 '사물 속에 내재하는 객관적 진실과 작가가 표현하고자 하는 주관적 정신의 결합'을 의미했다. 프랑스문학이나 독일 자연주의가 지나친 객관적 묘사로 인해 작가의 주관적 상상력을 무시했다면 독일의 시적 사실주의는 현실의 대상을 충실히 묘사하면서도 작가의 자유로운 창조력을 중시한다. 문학사조상으로 보면, 켈러는 시적 사실주의에 속하는 작가다. 작가의 주관적 상상력이나 창조력을 파괴하지 않으면서 객관적 현실을 충실히 묘사하기 위해 고심했던 켈러는 자신의 작품 세계에서 풍자와 유머를 통해 외적인 현상에 대한 단순한 행동 묘사나 환경 묘사에 그치지 않고, 끊임없이 인간의 본성을 추구하며 외부 현상이 내적인 의미를 갖도록 노력했다. 특히 그는 유머Humor라는 해학적 서술기법을 이용해 객관적 현실에 어느 정도 거리를 유지하면서 작가의 주관을 이입시켜 독자에게 전달한다. 따라서 켈러에게서 유머는 작가의 주관적 감정을 작품 세계에 내면화시키고, 작가의 주관이 이입된 객관적 사실을 화자로 하여금 독자에게 중개하도록 하는 역할을 한다.

켈러의 문학세계에서 유머와 풍자는 외적 현실과 내적 의미를 조화롭게 이어 주는 매개체이며, 그는 시적 사실주의 정신과 유머러스한 문체를 통해 순수한 인간성을 형상화하고 이를 실현하는 것을 문학적 과제로 삼았다.

유머란 원래 습기나 액체를 나타내는 라틴어에서 유래되었으나 후에는 인간의 감정 상태를 나타내는 심리학적 용어로 사용되었다. 유머가 희극적인 범주를 벗어나 작가의 주관적 내용으로 심화된 것은 18세기였다. 18세기 영국에서 시작된 유머는 사회적 규범과 관습에서 벗어난 엉뚱하고도 기이한 태도나 말투를 의미했다. 웃음을 자아내는 동시에 호의와 타협, 현실 긍정의 세계관을 나타냈으며 '우스꽝스러움'이란 의미로 해석되었다. 그러나 19세기 독일 시적 사실주의에서 유머는 '시적 상상력'으로 정의되면서 희극적 의미는 사라지고 작가의 기본적 창작 원리로 만 파악된다. 즉 현상과 관념 사이, 묘사된 객관적인 사실과 그 안에 함축된 보편적 진리 사이를 중재하는 매개체 역할을 하는 것이다.

작품 속의 유머와 풍자

> 음산한 십일월의 어느 날, 젤트빌라에서 불과 몇 시간 거리밖에 되지 않는 작고 부유한 도시 골다흐로 통하는 시골길을 가난한 재단사 한 명이 정처 없이 걸어가고 있었다. 〔…〕 그의 주머니 안에는 동전 한 푼 없이 골무만 하나 달랑 들어 있었다. 〔…〕 구걸하며 다니는 것은 그에게 정말 힘든 일이었다. 아니 불가능하다는 편이 차라리 낫겠다. 단 한 벌밖에 없는 검은색 양복 위에 까만 우단으로 된 짙은 회색 망토를 걸치고 있어 그는 고상하고 낭만적으로 보이는 데다가, 단정하게 빗어 넘긴 길고 검은 머리카락과 잘 손질된 코밑의 수염은 창백하지만 균형 잡힌 얼굴을 더욱 우아하게 돋보이게 했기 때문이다.

멋진 용모를 포기하느니 차라리 굶어 죽는 게 낫다고 생각하는 가난한 재단사 슈트라핀스키를 두고 작가는 "외투를 걸친 순교자Märtyrer seines Mantels"로 표현하고 있다. 여기서 옷은 추위를 막기 위한 실용적인 기능이라기보다는 고상한 미적인 면이 강조되어, 신분 상승의 수단이 되는 속된 현실을 암시하고 있다. 주인공 슈트라핀스키가 우연히 타게 된 화려하고 안락하지만 속은 텅 비어 있는 마차는 겉모습만 멋지게 차려입은 주인공과 묘한 조화를 이룬다.

아이들과 이웃 사람들이 순식간에 몰려들어 이 화려한 마차 주변을 에워싼 채 난생 처음 보는 희한한 껍데기에서 어떤 알맹이가 튀어나올지 호기심 어린 눈으로 지켜보고 있었다. 재단사는 어리둥절해 하며 마차에서 내렸다. 망토를 걸친 채 창백하고 수려한 얼굴에 우수에 잠긴 듯 눈을 내리깔고 있는 그의 모습이 그들의 눈에는 적어도 왕자나 백작의 아들처럼 신비롭게 비쳤을 것이다. […] 재단사는 당황해서 그런지 아니면 군중들 사이를 헤쳐 나갈 용기나 나지 않았는지, 사람들에 의해 떠밀리듯 집 안으로 들어가 계단으로 올라갔다.

마을 사람들의 눈에는 호화스러운 마차를 타고 온 창백한 얼굴의 주인공이 백작의 아들이나 왕자로 보였지만, 화자의 주관적인 시각으로 바라보면 초조하고 당황해 혼자 걷지도 못하는 인물이다. 결국 다른 사람들의 부축을 받아 가는 주인공은 자신의 의지와는 상관없이 타인에 의해 신분까지도 바뀌어 간다. 이처럼 외적 현상이 단순한 묘사에 그치지 않고 내적 의미를 지니게 되는 것이 바로 켈러의 유머이다. 이런 외적인 허상은 진정한 사랑을 통해 껍질 속에서 알맹이가 나오듯이 그 고귀한 본질을 드러낸다. 이런 방식의 유머는 작품 곳곳에서 빛을 발한다.

여관 주인은 귀한 손님을 대접하기 위해 분주하게 움직이며 하인과 요리사를 재촉한다. 화려한 장식을 깃들인 맛있는 요리가 들어오지만, 불안하고 초조한 슈트라핀스키는 겁에 질려 번쩍이는 나이프를 사용할 용기도 내지 못한다. 우물쭈물 은빛 포크를 들고 생선 주위를 쿡쿡 찌르기만 하는 모습을 본 요리사는 그의 신중하고 신사다운 태도에 감탄한다.

> 저 우아한 모습 좀 봐! 저 분은 좋은 생선을 제대로 드실 줄 아시네. 〔…〕 집안에서 반대하는 가난한 여인과 사랑에 빠진 게 분명해! 그래, 신분이 높은 고귀한 분들도 슬픔은 있는 법이지!

여기서 묘사된 현실과 작가의 표현 사이에는 묘한 긴장감이 감도는데, 이런 긴장 관계는 유머에 의해 자연스럽게 해소되어 버린다. 작가는 묘사된 현상에 자신의 주관을 교묘하게 삽입함으로써 객관적 경험 세계와 주관적 상상 세계에서 비롯되는 소외현상을 해학적으로 극복한다. 유머와 해학뿐 아니라 사회비판과 풍자적인 특성도 작품 곳곳에서 엿볼 수 있다. 어느 날 골다흐 거리를 산책하던 슈트라핀스키의 눈에, 집집마다 상징적인 이름이 붙여져 있는 글들이 들어온다. 주인의 직업이나 성격을 나타내고 있는 이런 집들은 그에게 흥미롭게 다가온다.

'헌법'(이 건물 아래층에는 물통을 만드는 사람이 살았는데, 그는 부지런히 요란한 소리를 내며 작은 물통에 테를 끼우고 끊임없이 두드리고 있었다)이란 이름도 있었고, 어떤 집은 무시무시하게도 '죽음'이라는 명칭으로 불리고 있었다. 말라 비틀어진 해골이 창문 사이로 아래에서 위까지 죽 뻗어 있는 이 집에는 치안판사가 살고 있었다. 한편 '인내'의 집에는 채무 서기가 굶주려 비참할 정도로 깡마른 채 살고 있었는데, 말하자면 이 도시에는 다른 사람에게 빚을 진 사람이 한 명도 없기 때문일 것이다.

헌법이란 것도 결국은 매일 망치를 두드리며 소란스럽게 만들어 가는 물통 장수의 일에 불과한 것에 비유하고 있으며, 사람의 죄를 다스리는 판사라는 직업은 죽음을 상징하는 해골로 빗대어 비판적인 시각으로 바라보고 있다. 부유한 도시 골다흐에는 채무자가 없기에 이 도시의 공증인은 자연히 마르고 굶주릴 수밖에 없고 그가 살고 있는 '인내의 집'은 굶주림을 감수한다는 의미가 된다. 이처럼 켈러는 객관적인 사실묘사와 함께 자신의 예리한 관찰력을 통해 사회를 풍자적으로 묘사하고 있다.

〈옷이 날개〉는 고트프리트 켈러의 단편집 《젤트빌라 사람들》 제2부에 나오는 다섯 편의 이야기 중 독일의 시적 사실주의를 대표하는 해학적인 풍자 작품으로 유명하며, 오늘날까지도 독일어 수업시간에 가장 많이 읽히는 작품에 속한다. 〈옷이 날개〉는 원래 로마의 수사학자 퀸틸리아누스가 제자들에게 강조하던 '옷이 남자를 만든다Die Kleidung macht den Mann'는 말에서 유래되었지만, 이 작품에서는 재단사를 풍자한 사육제 축제에서 가장행렬 선두의 '사람이 옷을 만든다Leute machen Kleider'는 문구와 행렬 마지막을 장식한 '옷이 사람을 만든다Kleider machen Leute'는 도치된 문구를 통해 가난한 재단사와 그의 멋진 외투 때문에 생긴 우연한 신분 상승을 풍자적으로 암시해 주는 주제어가 된다.

주인공이 새로운 정체성을 찾아가는 과정을 그린 이 작품은, 가난한 재단사가 본의 아니게 폴란드 귀족 행세를 하다 우여곡절 끝에 아름다운 여인과 결혼에 골인하는 운 좋은 사나이의 낭만적이고 환상적인 이야기다. 시민사회의 허위와 가식을 극복하고 진정한 사랑을 통해 인간의 본성을 되찾는 과정을 그리고 있지만, 작가는 그 이면에 깔린 자본주의의 모순, 즉 시민사회의 허위와 가식을 유머라는 서술기법을 통해 예리하게 풍자하고 있다.

〈고양이 슈피겔〉은 켈러 특유의 풍자와 사실적인 묘사가 뛰어난 작품이다. 고도의 기만과 속임수로 주인공이 행복에 이른다는 점에서 함께 소개하는 〈옷이 날개〉와 같은 주제에 속한다고 할 수 있다. 발표 당시 취리히에 살았던 리하르트 바그너는 켈러에게 보내는 편지에서 "시 마법사 고트프리트 선생님께"라고 쓰면서 이 작품에 대한 열광과 찬사를 아끼지 않았다. 동화라는 부제가 달려 있듯이 고양이를 주인공으로 한 동화 같은 이야기로, 독일 문학사에서는 루트비히 티크의 동명의 동화를 기초로 한 희곡 〈장화 신은 고양이〉와 E.T.A. 호프만의 〈수고양이 무르〉에 비견되고 있다.

|작가 연보|

1819 고트프리트 켈러Gottfried Keller 스위스 취리히에서 탄생.

1824 아버지 루돌프 켈러Rudolf Keller 사망.

1825 자선학교 입학.

1826 어머니 엘리자베트 켈러Elisabeth Keller 한스 하인리히 빌트와 재혼.

1833 스위스 주립 직업학교로 전학.

1834 어머니의 이혼, 직업학교 퇴학, 화가가 되기로 결심.

1837/38 화가 루돌프 마이어에게 개인 교습.

1838 첫사랑의 연인 헨레에테 켈러 사망.

1840 뮌헨 미술학교 입학.

1842 미술 공부를 포기하고 취리히로 귀향.

1848 취리히 주정부의 장학금으로 작가수업을 위해 하이델베르크로 출발.

1850 4월에 베를린으로 이사. 베를린에서 만난 브라운슈바이크 출판업자 피베크에게 〈녹색의 하인리히Der grune Heinrich〉 원고 앞부분 보냄.

1851 《신시집*Neuere Gedichte*》 발표.

1855 〈녹색의 하인리히Der Grüne Heinrich〉 완성. 《젤트빌라의 사람들*Die Leute von Seldwyla*》 제1부 집필, 7년간의 작가수업을 마치고 취리히로 귀향.

1856 《젤트빌라의 사람들》 제1부 발표.

1857 파울 하이제Paul Heyse와의 첫 만남. 쾰른 예술가 협회 비서직 거절.

1860 〈정직한 일곱 명의 대원Das Fahnlein der sieben Aufrechten〉 발표.

1861 친구의 주선으로 주정부 서기가 됨.

1862 〈다양한 투사들Verschiedene Freiheitskampfer〉 발표.

1864 어머니 사망.

1865 〈악용된 편지Die Mißbrauchten Liebesbriefe〉 발표.

1869 50회 생일날 취리히 대학에서 명예박사학위 수여함.

1871 에밀 쿠Emil Kuh와 편지 교류 시작.

1872 〈일곱 개의 전설Sieben Legenden〉 발표.

1873 리나 바이세르트Lina Weißert와 결혼, 《젤트빌라의 사람들》 제2부 발표.

1876 15년 동안 근무했던 시 서기 직 사임.

1877 《취리히 단편집*Zuricher Novellen*》 발표. 테오도어 슈토름Theodor Storm과 편지 교환 시작.

1884 프리드리히 니체의 방문.

1886 〈마틴 잘란더Martin Salander〉 발표.

1890 취리히에서 81세로 사망.

권영경

고려대학교 문과대학 독어독문학과를 졸업하고 동 대학원에서 문학박사학위를 취득했다. 옮긴 책으로는《독일인 겐테가 본 신선한 나라 조선 1901》,《보헤미아의 숲 · 숲속의 오솔길》,《외로운 노인》,《위대한 사상가들》 등이 있으며, 현재 고려대학교에 출강하고 있다.

옷이 날개 | **고려대학교청소년문학시리즈 009**

초판발행·1쇄 2008년7월1일 | 지은이 고트프리트 켈러 | 옮긴이 권영경

펴낸곳 고려대학교출판부 | www.kupress.com kupress@korea.ac.kr

136-701 서울특별시 성북구 안암동 | Tel 02-3290-4230, 4232 Fax 923-6311

찍은곳 한국컴퓨터인쇄정보

값7,000원 ISBN 978-89-7641-661-2 04850 | ISBN 978-89-7641-639-1 (세트)

* 잘못 만들어진 책은 바꿔드립니다.